환갑엔 유튜브 잔치

환갑엔 유튜브 잔치

초판인쇄	2021년 4월 9일
초판발행	2021년 4월 16일
지은이	정성희
발행인	조현수
펴낸곳	도서출판 더로드
기획	조용재
마케팅	최관호
편집	권 표
디자인	토 닥
주소	경기도 고양시 일산동구 백석2동 1301-2 넥스빌오피스텔 704호
전화	031-925-5366~7
팩스	031-925-5368
이메일	provence70@naver.com
등록번호	제2015-000135호
등록	2015년 06월 18일
ISBN	979-11-6338-141-9　03810

정가 15,000원

좌충우돌 환갑 유튜버 도전기

환갑엔 유튜브 잔치

정성희 지음

도서출판 더 로드
The Road Books

유튜브 회원가입을 하고 계정을 만들었다. 호기롭게 시작했지만, 대중의 이목을 집중시키는 성과를 내지는 못했다. 주변에 말하기도 민망할 정도였다. 그런데도 좋은 걸 어떡하나! 난 유튜브와 사랑에 빠져버렸다.

혼자서 뚝딱뚝딱 독학으로 시작했다. 그러니 얼마나 엉성했을까. 지금은 예전과 달리 유튜브 교육하는 곳이 많아졌다. 기획하는 법부터 수익 창출 요령까지 하나씩 차근차근 다 알려준다. 내가 시작할 때는 그런 게 없었다. 어쩜, 내 눈에만 안 보였는지도 모르겠다. 아는 만큼 보이는 법이니까.

개념 정리가 제대로 되어 시작하는 그들과 어정쩡하게 시작한 내가 발맞추어 나가기란 엇박자가 나올 수밖에 없지 않겠는가.

"그래도 괜찮아."

아무것도 안 하면 아무 일도 일어나지 않는다고 했다. 시도한 것만으로도 잘한 거라 스스로를 위로했다.

"너 유튜브 하니? 왜 말 안 했어?"

"아니 그게… 유튜브 한다고 말하기가 좀 창피해서… 누구는 십만이다 백만이다, 성공담을 내세우는데 말이지."

"뭔 소리야, 그 나이에 유튜브를 시작한 것도 대단하구만, 꾸준히 하고 있다는 자체가 성공이지!"

"그렇게 말해줘서 고마워, 친구야. 내가 했으니 누군들 못하겠니. 너도 한번 해 봐!"

나는 유튜브라는 재미난 세상을 만나 이 신기한 놀이마당에 푹 빠져 살고 있다. 2년 전, 용감하게 유튜브 크리에이터에 도전했다. 바보스러울 정도로 순둥순둥 하던 나로서는 60년 만의 획기적인 변화가 아닐 수 없다. 수줍음 많던 내가 카메라 앞에서 노는 일이라니, 참 오래 살고 볼 일이다.

코로나19로 인해 만남이 제한되고 답답함을 느낄 때, 더욱 홀로 설 준비를 해야 한다. 이럴 때 유튜브 크리에이터에 도전해보면 어떨까. 혼자서 시간 보내기에 얼마나 좋은가. 곧, 1인 미디어 시대가 오고 있다고 한다. 그러니 지금이 오히려 기회가 될 것이다. 동영상 만드는 재미에 폭 빠져들다 보면, 코로나 펜데믹도 의연하게 견뎌 낼 수 있는 힘을 얻게 된다.

〈빛나는 성벽〉을 써서 이름을 날린 델마 톰슨도 처음부터 소설가는 아니었다. 자신이 처한 현실에 불만이 가득했던 평범한 주부였다. 2차 세계대전 중 육군 장교와 결혼한 그녀는 캘리포니아의 모제이브 사막에서 신혼을 보내게 됐다. 50도가 넘는 뜨거운 모래바람, 말이 통하지 않는 멕시코인과 인디언 이웃, 외로움을 견디기 힘들어 부모님께 하소연을 했다.

"차라리 이보다 감옥이 낫겠어요."라는 딸의 편지에 아버지의 답변은 간단명료했다.

"두 사나이가 형무소 창밖을 바라보았다. 한 사람은 진흙탕 길을, 다른 한 사람은 하늘의 별을 보았다."

아버지가 전한 단 두 줄의 메시지로 인해 델마 톰슨의 인생은 180도 변해버렸다.

현재 처한 상황에서 무엇이든 좋은 점을 찾아 긍정적으로 바라보기 시작했다. 그러자 세상이 온통 아름다운 것들로 가득했다고 한다. 델마 톰슨이 진흙탕 길이 아닌 하늘의 별에 집중하자, 비참하기만 했던 현실이 흥미진진한 모험 세계로 바뀐 것이다.

'자살'의 글자를 거꾸로 하면 '살자'가 되고, '역경'을 거꾸로 하면 '경력'이 된다니 신기하다. 나같이 둔한 사람 눈에는 잘 보이지 않지만, 이걸 발견한 사람의 센스가 대단한 거 같다.

코로나라는 '부정적인 바이러스'도 어떻게든 나만의 '긍정적인 바이러스'로 바꾸어 보아야 하지 않을까?

그래서 나는 이 코로나라는 부정적 상황을 긍정적으로 바꾸기 위해 두 가지를 택했다.

첫째, 유튜브 크리에이터가 되는 것.
둘째, 매일 글을 쓰며 작가가 되는 것.

이만하면 매력적인 일이 아니겠는가. '위기는 곧 기회'라고 했다. 코로나 같은 '감옥'에서도 얼마든지 반짝이는 별을 바라보면 된다. 그러면 내 삶도 별처럼 반짝반짝 빛나리라.

2021년 봄. 정성희

▶ 추천사

온라인 시대다. 코로나19 여파로 가상공간에서의 활동이 본격화되었다. 사회 경제적으로 어려움을 겪는 사람이 많아지고, 급변하는 세상에 발을 맞추기도 힘에 겹다. 바이러스가 사라지기만을 바라며 마냥 손 놓고 있을 수도 없는 것이 현실이다. 어떻게 살아야 하는 걸까? 역사 이래 명쾌한 답이 없었지만, 지금처럼 혼란과 불안의 세상에서 고민은 더 커질 수밖에 없다.

정답은 없겠지만, 온라인 시대의 특징을 제대로 파악하고 그에 맞게 방향을 설정하는 것도 나름의 방법이 되지 않을까 생각해본다.

첫째, 글과 영상이 주도권을 갖는다. 대면 시대에는 표정과 제스처, 말투와 억양 등 '언어' 외적인 요소가 소통에 큰 영향을 미쳤다. 딱히 글을 잘 쓰지 않아도 어떻게든 주장과 의견을 펼칠 수 있었다. 반면, 온라인 시대에는 글과 영상에 대한 기본 지식을 갖추지 않으면 생각과 느낌을 공유할 대안이 없다.

둘째, 나이, 학벌, 성별, 직업, 능력 등 기존 사회에서 개인을 평가했던 대부분 요인의 의미가 사라진다. 글을 잘 쓰는 사람의 영향력이 가장 크다. 임팩트 있는 영상으로 메시지를 전할 수 있으면 충분하다. 끝으로, 모든 일을 집에서 처리할 수 있다. 일터의 개념이 없다. 스마트폰이나 노트북만 있으면 세계 어느 곳에 있어도 업무를 볼 수 있다.

이러한 온라인 시대의 특징에 맞게 살아가기 위해서는 SNS 플랫폼을 필수로 갖춰야 한다. 환갑이 다 된 나이에 유튜브를 시작한 사람이 있다. 편안한 노후를 즐기겠다는 생각 대신, 시대의 흐름에 뒤처지지 않도록 배우고, 공부하고, 실천하며 세련된 제 2의 삶을 만들었다.

주눅 들지 않고 인생을 다시 펼쳐낸 정성희 작가. 그녀의 이야기가 세상에 나오게 되었다.

나이를 걸림돌처럼 여기는 사람들이 읽으면 심장이 쿵쾅거릴 테고, 젊은 독자들이 읽으면 시간의 소중함과 젊음의 가치를 되새기게 될 것이다.

오늘, 남은 생애 가장 젊은 날을 선물 받았다. 그저, 매일이 행복하고 감사하다. 잘하고 못하고가 뭐 그리 중요할까 싶다. 내가 즐기는 만큼, 세상은 살판나는 '내 세상'이 될 것이다. 유튜브를 처음 알게 됐을 때의 그 짜릿함을 잊지 못한다.

- 마치는 글 중에서

팍팍한 삶에 지쳐 허리가 휘청거린다. 한숨이 입에 붙었다. 어떻게 해야 하나 막막하기만 하다. 그럼에도 우리는 살아가야 한다. 살아내야 한다. 용기와 희망을 품어볼 만한 뭔가가 절실하다. 이 작은 책 한 권이 불꽃을 선사해줄 거라 믿는다. 정성희 작가는 유튜브를 통해 '내 세상'을 만들고 누린다. 이 얼마나 멋진 표현인가!

나이 60에도 '도전'이라는 단어를 인생 사전에 심었다. '배움'이라는 단어도 삶에 새겼다. '성취'라는 영광을 품에 안고, 그녀는 또 새로운 도전에 팔을 걷어붙인다. 쉼 없는 열정과 포기하지 않는 근성이 환갑이라는 말을 무색하게 만든다.

유튜브로 돈 많이 벌 수 있다는 달콤한 유혹이 넘쳐나는 세상에서, 그녀는 오늘도 자기만의 세상을 만들어 한 걸음씩 나아간다.

🔴 자이언트 북 컨설팅 대표 이은대

정성희 작가가 주는 메시지는 세상을 관조한 '인생 언니'의 따뜻한 조언이다. 그러면서도 내용은 구체적이다. 시중에 나와 있는 수많은 자기계발서와 달리 방법의 각론을 제시한다. 그 나침판은 결국 유튜브로 향한다. 거침이 없다. 거기서 '환갑 유튜브 잔치'라는 말로 강한 메시지를 준다. 나이 60에 (유튜브)를 까짓 거 못할 게 뭐냐. 생각을 바꾸면 나이가 바뀌고, 행동을 바꾸면 인생이 펴진다고 믿는다. 양광모 시인이 시(詩)처럼 살고자하는 것처럼 우리도 유튜브처럼 한번 살아 볼 일이다.

스포츠서울 편집인 박건승

나이 60! 덧없는 인생의 가을 길에 들어섰다는 적조함과 공허감이 있는가 하면, 끊임없이 자신을 계발하고 이웃에 봉사하는 새로운 인생에 대한 자유와 환희가 기다리고 있다. 경전에 나오는 '일체유심조'라는 말처럼 모든 것은 마음먹기에 달려 있지 않던가! '60 청춘, 90 환갑'이란 말이 있듯이 어떻게 하면 젊게 잘 살 수 있을까? 여기 삶의 당당한 주인공으로 제2의 인생을 멋지게 살아가고픈 그대에게 이 책을 추천하고 싶다.

평범한 가운데 번득이는 작가의 지혜 속에서 따뜻한 공감과 재충전의 용기를 얻으리라 확신한다.

권정호 변호사(법무법인 향법)

contents

chapter 1

숫자 60이 별건가

01 어느새 60

세월이 유수와 같다더니만, 50 고개를 언제 넘었는지 실감할 새
도 없이 훅 들어온 60이라니. 어른들이 늘 하던 말, "마음만은 청춘"
을 내가 읊조리고 있다. 60이란 숫자가 아직은 참 낯설다.

내가 스무 살 갓 넘은 시절, 나보다 열아홉 살 많은 막내 이모는
나를 보며 눈이 부시다고 했다.

"자전거 타고 가는 모습도 어찌 그리 싱그럽고 이쁠까! 참 곱기
도 하지! 너는 나 같이 나이 들지 말고 고대로만 있어라잉~"

볼 때마다 "곱다", "이쁘다"를 연발하며, 부러움 가득한 시선으로
어루만져 주던 이모의 손길이 어제인 듯 선명하다. 여자 나이 마흔
쯤 되면 마치 파파 할머니라도 되는 듯 여겼다. '그 나이엔 도대체
인생을 무슨 재미로 사는 거야?', '추하지 않게 딱 서른아홉까지만
살까?'라며 건방을 떨던 젊은 시절이 내게도 있었다.

그런데 공교롭게도 39세 때 교통사고를 당했다. 사고를 낸 운전자는 젊은 사람이었는데, 일행과 웃고 떠들며 오다 신호등을 못 보고 횡단보도에 멈춰 서 있는 우리 차를 그대로 들이받았다.

다행히 팔다리가 부러진 건 아니지만 승용차를 폐차시킬 정도로 큰 사고였다. 그 당시 외상은 눈에 띄지 않았지만, 문제는 보이지 않은 데 있었다. "꽝"하는 순간 나는 기절을 했다. 정신을 차리니, 머리는 멍~ 하고 귀에서는 "삐~" 하는 소리가 계속 들려왔다.

그 후, 병원에 가서 치료를 받고 다시 일상으로 돌아와 정신없이 바쁘게 지냈다. 그런데 몇 달이 지나자 몸에 이상 증상이 나타나기 시작했다. 세상이 빙글빙글 돌기 시작한 것이다. 서 있기가 힘들어 바닥에 엎드렸고, 누우면 천장이 방바닥이 된 것처럼 위아래로 획획 돌았다. 아파트 12층이 무너질 것 같은 환각에 속이 뒤집히고 죽을 것처럼 토했다. 코앞의 화장실이 천 리처럼 멀게 느껴졌고, 눈을 뜨지 못한 채 납작 엎드려 기어가야 했다. 너무 무섭고 괴로웠다. 나는 '다시 내일 하루를 맞이할 수 있을까.' 불안한 마음으로 밤을 보내곤 했다.

당시에는 그게 교통사고 후유증인 줄도 몰랐다. 무슨 암 같은 죽을병에 걸린 게 아닌가 하는 생각이 들었다. 동네병원에서는 원인을 찾지 못했다. 큰 병원으로 가서 검사해 보라고 알려 줄 뿐이었다. 그러나 돈이 없어 포기했다. 진짜 이대로 죽어버릴까 봐 무서웠다. 신이란 신은 모두 불러와 매달리고 기도했다. "제발 살려주세요. 이대로 죽기엔 너무 아쉽습니다."라고. 그제야 내가 얼마나 생에 집착하는지 알게 되었다. 그 어지럼증은 10여 년을 따라다녔지만, 차츰 강도가 약해졌고 빈도수도 점차 줄어들었다.

그 일을 겪은 후 나는 다시 태어난 기분이 들었다. 아침에 눈을 떴을 때 떠오르는 해를 보며, '오늘도 살아있구나' 무한한 감사를 느꼈다. 그때부터, 오늘 나에게 주어진 이 하루는 '덤'이라고 생각하며 감사함을 잊지 않고 살기로 했다. 내 블로그나 카톡 프로필에 틱낫한 스님의 말씀 '오늘은 선물입니다'를 좌우명으로 새겨 넣은 이유이기도 하다.

늙지 말라던 이모의 말처럼 항상 젊음을 유지할 수 있다면 얼마나 좋겠는가.

어느새 내 나이에는 숫자 6이 붙었다. 지난날에 이모가 나에게 그랬듯이, 나 역시 이모의 시선으로 주변 사람들을 바라보게 된다. 좀 과장해서 표현하자면 내 눈에는 40대가 어린애로 보인다. 생김새와는 무관하게 마냥 젊고 예뻐 보인다. '저 나이라면 세상 못 할게 없을 텐데……' 그저 부러울 뿐이다.

나이 60세에 다시 한번 화려한 전성기를 누리고 있는 가수 김

연자의 노래 '아모르파티'가 화제를 모았었다. 생일파티 할 때처럼 '무슨 파티를 한다는 뜻인가?' 했더니 그게 아니었다. 전통 트로트의 노랫말로는 전혀 예상치 못했던, 니체의 철학이 담겨 있었다. '아모르파티'는 독일의 철학자 니체의 운명관을 나타내는 용어로 아모르(사랑) 파티(운명) 즉 '자신의 운명을 사랑하라'는 뜻이었다. 흥이 하늘로 치솟을 듯, 특유의 매력적인 목소리로 방방 뛰면서 분위기를 돋우는 그 노래에, 그리 심오한 뜻이 담겨 있을 줄이야.

자유로운 영혼인 듯 살았지만 그리 쉬운 길은 아니었다. 뒤돌아보니 행복한 순간보다 어리석고 후회되는 일만 떠오른다. 그래도 소중한 내 삶이고 운명이다. 나는 나의 운명을 받아들이고 사랑하기로 마음먹었다.

나이의 숫자가 늘고, 외모 또한 그 숫자에 따라가려는 건 자연적인 현상일 것이다. 내 힘으로 막을 수 없는 불가항력적인 요소인 것만은 분명하다. 그러나 신은 그렇게 인색하지 않으신가 보다. 감사하게도 '마음의 나이'를 선물하셨지 않은가. 마음을 어떻게 먹느냐에 따라 개개인의 정신연령은 천차만별이 될 것이다.

부모님 세대만 해도 60이라면, 모든 일선에서 은퇴하고 할 일 없는 노인네처럼 생각했었다. 아버지도 65세에 정년퇴직하시고 돌아가실 때까지 20여 년을 참 심심하게 보내셨다. 취미로 묵화를 그리

시긴 했지만 거의 혼자서 즐기셨다. 어쩌다 전시회를 열 때, 가족의 축하를 받는 게 유일한 소통창구였다.

지금 60대는 취미 생활 종류도 차고 넘친다. 눈을 돌려 찾아보면 심심할 겨를이 없다. 물론 그 사이 시대도 아날로그에서 디지털로 변화해 버렸다. 나이 60에 새로운 디지털 시대를 적응하기 위해 공부하려면 바쁘다. 하지만, 낯설다고 거부하기만 하면 겁나는 세상이 될 것이고, 당차게 디지털을 받아들이고 공부하면 흥미진진한 세상이 펼쳐질 것이다.

SNS는 기본으로 활용해야 하고 더 나아가 컴퓨터 코딩까지 하는 시대에 살고 있다. 나는 기본은 해야겠다고 마음먹었다. 그중에 유튜브를 선택했다.

우물쭈물하다간 70이 코앞으로 다가온다. 하루하루가 너무도 소중하다. 보다 의미 있는 삶을 살려면 어떻게 해야 할까. 70대 중에 에너지 넘치게 유튜브 크리에이터로 활동을 하고 있는 '박막례 님'과 '조관일 님'이 있다. 앞서 걸어가고 있는 두 분을 롤모델 삼아 꾸준히 나아가보리라 다짐한다. 유튜브의 세계는 일단 재미있다. 종합예술처럼 다양하게 연출할 수 있어 흥미롭다. 개개인이 영상을 자유롭게 만들 수 있는 장점이 있다. 정년도 없으니 내가 하고 싶을 때까지 얼마든지 할 수 있다.

이모의 말처럼 젊게 사는 방법이 과연 있을까? 돈이 많으면 의학의 힘을 빌려 물리적으로라도 외모를 젊게 할 수도 있을 것이다. 하지만 그럴 돈도 없고 그게 다는 아닌 것 같다. 그렇다면, 보람되고 의미 있는 삶을 살며 젊음을 유지하는 방법에는 뭐가 있을까? 은퇴 없이 영원한 현역으로 사는 거라고 생각한다.

02 새로운 청춘, 유튜브에 도전하다 :

'청춘'이라는 노래가 있다. "언젠간 가겠지 푸르른 이 청춘, 지고 또 피는 꽃잎처럼~" 김창완이 낮은 목소리로 읊조리듯 부르던 노래이다. 이 옛날 노래가 까마득히 잊힐 무렵, 드라마 '응답하라 1988'에 다시 등장했다. '김필'이라는 젊은 가수가 전혀 다른 창법으로 이 노래를 불렀다. 이 젊은 가수의 목소리가 얼마나 감미로운지 마법에 걸린 듯 중독되어 버렸다. 종일 들으면서 자꾸만 그 노래에 빠져들었다. 모진 세월 지나느라 무디어졌던, 아련한 감성을 마구 흔들어 놓았다.

> "가고 없는 날들을 잡으려 잡으려 빈 손짓에 슬퍼지면, 차라리 보내야지 돌아서야지 그렇게 세월은 가는 거야."

젊었을 때 청춘은 원하지 않아도 저절로 나에게 주어졌다. 그러나 이제는 안간힘을 써 붙잡아서 가져와야 한다. 그냥저냥 가버리도록 흘려보내기엔 너무도 아깝다. 새파란 나이엔 가는지도 모르고 그냥 보내주었다면, 지금은 어떤 노력을 해서라도 청춘을 붙잡고 유지해야 한다. 100세에서 되돌아봤을 때 두 번째 청춘을 아깝게 흘려보냈다는 후회를 하지 않도록 말이다.

우리나라는 노인복지법에 '65세 이상'에게 경로우대의 조항이 있다. 기초연금 수급 연령이 만 65세이다. 이렇게 복지 혜택을 놓고 볼 때 우리나라의 노인 기준은 만 65세부터인 것 같다. 이런 기준은 아마 1956년 UN이 정한 연령 기준법에 따른 것이다. 그런데 2015년 UN은 새로운 연령 기준을 제시했다.

1단계 = 미성년자(Underage): 0~17세

2단계 = 청년 (Youth): 18~65세

3단계 = 중년 (Middle-Aged): 66~79세

4단계 = 노년 (Elderly/Senior): 80~99세

5단계 = 장수 노인(Long-lived elderly): 100세 이상 장수 노인

이 기준으로 보면 나는 아직 2단계 청년에 해당 된다. 세상에나, 아직 청춘인 것이다. 내가 50대 초반에 시니어로 대접받은 게 불편했던 이유가 여기에 있었던 것 같다. 사회공헌 시니어 모집이 있었는데 만 50세부터였다. 그때 만나 아직까지 연을 맺고 있는 친구들이 당시 "우리가 시니어야?" 하며 멋쩍게 웃던 생각이 난다.

65세까지가 청년이라니 참 인심도 후하다. 젊음을 거저 선물 받은 기분이다. 청년이라는 말에 주책없이 기운이 솟고 신이 난다.

청년의 사전적인 의미를 찾아보니 '신체적, 정신적으로 한창 성장하거나 무르익은 시기에 있는 사람'이라 한다. 나는 여기에 호기심을 추가하고 싶다. 젊음과 늙음을 구분할 때 그 사람의 눈이 호기심으로 초롱초롱 반짝이고 있는지를 보면 알 수 있다. 아직 하고 싶은 무언가가 있고 열정이 남아있을 때 눈동자에 살아 있는 힘이 느껴진다.

엄마가 머물던 요양병원에 갈 때면 늘 만나게 되는 초점 잃은 멍한 눈동자들. 노인회장을 하고 게이트볼 국제심사위원을 하는 등, 동네를 휘젓고 다니던 활동적인 엄마를 그곳에 남겨 두는 게 참으로 마음이 아팠다. 아침에 눈 떠서 저녁에 잘 때까지 매일 다를 게 없는 일상에서 무슨 호기심이 발동하겠는가. 여건이 되면 엄마를 모시고 살려고 준비하는 과정에서 엄마는 기다려주지 않고 떠나가셨다. 그래서인지 요양원이란 간판만 봐도 가슴이 아파온다.

세월 따라 찾아오는 노화 현상은 자연의 법칙이니 어찌 막을 수가 있을까. 하지만 노쇠해지는 건 다른 문제이다. 노력 여하에 따라 막을 수 있거나 최소한 늦출 수는 있다.

100세 시대에 나이 60은 젊은 나이다. 의술이 발달하고 각종 생활이 편리해진 행운의 시대에 살고 있는 요즘. 언제나 청춘으로, 젊고 활기차게 살기 위한 방법을 찾아보면 주변에 얼마든지 있을 것이다.

청춘을 유지하는 방법 중에 평생 즐길 수 있는 취미가 있으면 좋다고 한다. 나는 '유튜브'를 선택했다.

어느 날, 인터넷 서핑을 하다가 발견한 '70대의 박막례 할머니, 잘나가는 유튜브 크리에이터'라는 기사가 나의 호기심을 자극했다. 70에 시작했다는 게 가장 놀라웠다. 73세인 박막례 유튜버는 현재 131만의 구독자를 가지고 있다. 과일 장사부터 가사 도우미, 식당을 운영하며 평생을 보낸 박막례 님은 유튜브를 만나면서 인생이 부침개 한 판 뒤집듯 180도로 바뀌어버렸다. 구글의 초청으로 미국에도 다녀왔다. 유튜브 CEO인 수전 워치츠키(수잔 보이치키)가 한국으로 와서 만날 정도로 시니어 신데렐라가 된 박막례 님은 지금이 훨훨 나는 청춘이다.

박막례 님은 환갑을 맞은 나에게 강한 동기부여를 안겨 주었다. 유튜버의 꿈이 생겼다. 비록 더디더라도 유튜브 크리에이터를 향해, 한 걸음씩 나아가기로 했다. 멈추지 않고 꾸준히 가기만 하면 십 년 후에는 어느 정도 성과가 있지 않겠는가. 목표가 생기니 나이 듦이 행복으로 다가온다.

유튜브는 중·장년층에게 참 좋은 취미라는 생각이 들었다. 유튜브 안에 내가 살아온 이야기를 풀 수도 있고, 내가 경험한 노하우를 필요한 사람들에게 전해줄 수도 있다. 거기다, 유튜버로 성장하면 광고 수입으로 수익을 창출할 수도 있고, 다양한 커뮤니티의 기회가 생기니 금상첨화라 할 수 있다. 유튜브를 시작하기 위해 특별한 자격증을 요구하는 것도 아니니 진입 장벽이 없다. 내가 기획하고 만들어 올린 영상을 보면 성취감과 자긍심이 생긴다. 평생 1인 지식기업가로 자리매김할 수 있다는 희망에 매일매일 설렘이 가득하다.

유튜브 크리에이터가 되기 위해서는 나만의 콘텐츠를 찾는 게 가장 중요하다. 박막례 님이 성공했다고 해서 그 사람처럼 똑같이 따라 할 수는 없는 노릇이다. 또 하나는 기획력인데, 학력에 상관없이 누구나 할 수 있는 유튜브이지만 글쓰기 능력이 있으면 약간은 수월할 것 같다. 글쓰기도 노력으로 가능하니 문제 될 건 없다. 어쨌거나 유튜버의 가장 큰 매력은 은퇴 없이 즐길 수 있는 일이라는 것이다.

내가 유튜브를 하겠다고 마음먹은 건 2018년 가을쯤이다. 나는 유튜브 책을 사서, 공부하기 시작했다. 공부하다가 모르는 건 유튜브에서 검색해서 하나하나 익혀나갔다. 그리고 12월에 첫 동영상 올렸다. 처음 작업할 때의 그 설렘이 아직까지도 선명하게 남아있다. 나는 아직까지 성과는 미약하지만, 그때 시작한 걸 참 잘했다고 생각한다. 코로나 시대로 온택트 세상이 된 지금, 미래 직업군으로 유튜버가 부각되고 있다. 그래서 이제부터는 좀 더 적극적으로 오픈하고 당당한 유튜버가 될 작정이다.

〈종의 기원〉을 쓴 찰스 다윈은 "끝까지 살아남는 종은 강한 종도, 똑똑한 종도 아닌, 변화에 가장 잘 적응하는 종이다"라고 말했다. 코로나로 인해 4차 산업혁명이 갑자기 확 앞당겨진 요즘에 꼭 새겨야 할 말인 것 같다. 코로나가 끝난 이후에도 다시 예전의 일상으로 똑같이 돌아갈 수는 없다고 한다.

그러니 놀라서 손 놓고 있을 수만은 없다. 변화에 빨리 적응해야 한다. 디지털 변화는 젊은이들의 전유물이 아니다. 우리 시니어들도 발 빠르게 변화에 올라타야 한다. 코로나로 입증된 변화는 온택트 세상이다. 앞으로 모든 시스템이 온라인으로 움직인다. 그동안은 해도 그만 안 해도 그만인 선택의 시대에 살았다면, 이제부터 필수적인 상황에 직면했다. 중장년이라 해도 컴퓨터와 친해져야 하며 온라인 세상에 나의 자리를 들이밀어야 한다. 블로그, 인스타그램, 유튜브 등 SNS에서 내 자리를 마련해보자. 아직 이런 플랫폼이 낯설다면, 구청이나 주민센터에서 운영하는 정보화 교실에서 무료로 하는 교육이 잘되어 있으니 당장 도전해해볼 일이다.

유튜브는 내가 원하는 시간에 자유로운 공간에서 제약 없이 할 수 있어서 좋다. 내가 쓰는 스마트폰으로 할 수 있으니 거의 무자본이다. 또한, 내가 가지고 있는 콘텐츠가 다른 사람에게 도움이 된다면 보람도 느낄 수 있다. 취미 생활을 넘어 수익을 창출할 수 있는 희망도 있다. 인생 후반전을 외롭지 않게 보낼 뿐 아니라, 아주 활기차게 보낼 수 있는 방법으로 유튜브가 최고라는 생각이 든다. 더불어 이제부터 나의 '새로운 청춘'도 시작이다.

03 환갑잔치는 유튜브로 할게요

요즘은 환갑잔치를 하지 않는다. 오히려 아예 환갑이라는 말 자체가 어색할 정도로 쓰는 사람이 드물다.

"넌 환갑잔치 어떻게 할 거니?"
"어머, 얘 좀 봐. 징그럽게 환갑잔치는 무슨······."

오랜만에 만난 친구에게 환갑잔치 이야기를 꺼냈더니 펄쩍 뛰었다. 워낙 마음이 젊다 보니, 환갑잔치라는 말이 옛날 옛적에 이야기로 들리는가 보다. 친인척들의 축하를 받으며 온 동네가 떠들썩하게 잔치를 벌이던 어릴 때의 기억은 이제 역사 속으로 사라져 버렸다.

어느 날 연락이 뜸한 친구에게서 뜻밖의 전화가 왔다.
"우리 ○○회에서 환갑의 해를 맞은 기념으로 여름휴가를 시원한 계곡에서 같이 보내기로 했어. 너도 같이 갈래?"

십여 명 정도의 오랜 지기들이 결성한 친목회인데, 다른 동창들이 들어가고 싶어 하고 부러워하는 모임이었다. 코로나로 인해 예정했던 해외여행이 차단되자 국내 여행으로 변경했다는 것이다. 가족 없이 혼자 환갑을 맞을, 내가 불쌍해서 같이 가자는 제안을 하는 것 같았다. 고마웠지만 사양했다. 난 유튜브랑 노느라 바쁘니까.

"사람들은 내게 이미 늦었다고 말하곤 했어요. 하지만 지금이 가장 고마워해야 할 시간이죠. 무엇인가를 진정으로 꿈꾸는 사람들에게는 바로 지금이 인생에서 가장 젊은 때이거든요. 시작하기에 딱 좋은 때 말이에요."

76세에 그림을 그리기 시작해서 101세까지 1,600여 점의 작품을 남긴 미국의 모지스 할머니가 한 말이다. 63세에 유튜브를 시작하고 책을 낸 한국판 모지스 할머니인 주미덕 작가도 있다. 주미덕 작가는 유튜브를 통해서 알게 되었다. 즐겨 보는 '단희TV'에 출연한 주미덕 작가는 나의 선망의 대상이 되었다. 동기부여가 활활 타올랐다. 나도 유튜브를 성장시키고 싶다. 책도 내고 싶다. 50만에 육박하는 단희TV에도 출연하고 싶다. 내가 꿈꾸던 딱 그것을 주미덕 작가는 한발 앞서 보여주고 있었다.

〈인생에서 너무 늦은 때란 없습니다〉의 저자 애나 메리 로버트슨 모지스를 롤 모델로 삼고 행동철학을 그대로 실천하고 있는 주미덕 작가를 나는 또 따라 하고 있다.

"다꿈정별 님, 팔방미인제이 님의 '머리부터 발끝까지 스타일 변신' 이벤트에 당첨되셨습니다. 멋진 변신이 기대가 됩니다."

'당첨이라니??' 게슴츠레 무겁게 감기던 눈이 번쩍 뜨였다. 세상에나, 로또 1등 당첨이라도 된 것처럼 의자에서 벌떡 일어나 폴짝 폴짝 뛰었다. 어떤 종류의 당첨이든 간에 '당첨'이라는 말은 참 살맛 나게 해주는 것 같다.

'다꿈정별'은 내 유튜브 이름이다. 일주일 전에 단희쌤 유튜브를 보다 '50~60대 여성의 변신은 무죄'라는 이벤트를 하길래, 과감히 응모했는데 당첨됐다는 이메일을 보내왔다. 타고난 내성적인 성격에 숫기라곤 전혀 없던 내가 이런 모험 정신이 발동할 줄 누가 알았겠는가. 머리부터 발끝까지 변신이라니, 과연 어떤 모습이 나올까? '팔방미인제이'라는 디자이너의 이미지로 볼 때 다소 파격적인 변신을 시도할 것 같은 예감이 든다. 그래도 좋다. 기대감에 막 흥분된다. 평생 동안 굳혀져 온 촌스러운 내 스타일을 벗어 던질 기회가 될 테니까……

트레이드마크가 되어버린 단발머리, 화장기 없는 맹한 얼굴, 청바지 같은 걸로 대충 끼어 입고 다니는 무딘 패션 감각, 전혀 꾸미지 않은 스타일이 지인들에게 각인 된 내 이미지다. '이런 내가 만약 180도 바뀐다면? 그래, 한번 해볼 일이다. 이번 이벤트 기회를 나의 버킷리스트 목록에 넣어야겠어.'라고 생각하니 없던 용기가 솟아났다.

"저요, 제가 변신 할게요."

쑥스러움 같은 건 서랍장에 꾸겨 넣고 이벤트 참가에 손을 들어버렸다. 역시 도전하는 자에게 성공의 기회는 주어지는가 보다. 한 사람을 선정해서 머리부터 발끝까지 완전 변신시켜주기 위해 여러 전문 인력들이 투입된다고 하니 딱 봐도 비용이 만만치 않을 것이다. 게다가 액세서리까지 제공 받는다니…….

이 얼마나 행운인가. 그야말로 나의 화려한 환갑잔치가 펼쳐질 것 같다.

스타일 변신 과정을 모두 촬영해서 팔방미인제이의 유튜브에 업로드 하게 될 예정이라 했다. 내가 이렇게 적극적으로 이벤트에 참가하게 된 목적은, 진정으로 변화된 내 모습에 대한 호기심이 첫 번째이지만, 또 하나는 내 유튜브를 키우고 싶은 욕망이 내재 되어 있었기 때문이기도 했다. 유튜브를 하다 보면 유튜브 크리에이터끼리 콜라보를 하는 것을 종종 보게 된다. '콜라보'는 다른 유튜버와 제휴하여 서로의 유튜브 채널에 출연하는 것을 말한다. 콜라보를 함으로써, 서로 새로운 시청자를 확보할 수 있다는 장점이 있다. 나는 이점을 노렸다.

내 유튜브에는 아직 구독자가 많지 않다. 정체된 원인이 콘텐츠의 문제도 있지만, 내가 소극적으로 했기 때문에 활성화 되지 못했다. 하지만 이제는 껍질을 깨고 나오기로 했다. 소극적인 세상으로부터 '커밍아웃'이다.

나는 이번에 주어진 이벤트를 통하여 단순한 외적 변신에만 그치지는 않고 변화된 외적 모습을 통하여 덤으로 자심감과 활력까지 찾게 될 것을 기대한다. 유튜브와 함께하니 이런 즐거운 요소들이 가득하다. 유튜브는 이제 내 친구다. 나는 이렇게 유튜브와 함께 혼자서도 잘 놀고 있다. 그러니, 환갑잔치는 당연 유튜브와 함께 할 것이다.

04 인터넷 없이 버틸 수 없는 시대 :

시도 때도 없이 전화가 울려댄다.

"그 단디햅편가 뭔가 인터넷으로 신청 좀 해줘 봐요."
"그건 본인이 직접 가입해야죠."
"난 컴퓨터 그런 거 할 줄 몰라."

인천에 사는 김 여사는 파출부 일자리를 구하고 있었다. 여기저기 직업소개소에 찾아다녀 봤지만, 일자리를 못 구했다는 것이다. 6개월이나 놀고 있자니 생활고에 시달린다며 나에게 하소연을 했다.

"그럼 그냥 집에만 있지 말고 컴퓨터를 배워보세요. 주민 센터에 가면 무료 교육을 알려 줄 거예요."
"난 중학교 밖에 안 나왔어. 골치 아프고 복잡한 건 엄두가 안 나."

64세의 김여사는 스마트폰을 가지고 있으면서도 지도검색을 사용하지 않았다. 서울에 면접 보러 올 일이 있을 때는 어김없이 나에게 길 안내를 요구했다. 나는 또 검색 내용을 캡처해서 보내주느라 바빴다.

건물의 보일러, 상수도 등 설비 일을 하는 강씨도 요즘 일자리를 구하고 있다. 인력센터에 유료회원으로 등록 중이라고 했다. 강씨의 폰에는 일자리를 알려주는 문자가 수시로 들어왔다. 구인정보는 전달받았는데 문제는 지원방식이다. 급여가 맘에 들어서 신청을 하려는데 전화번호가 없었다. 달랑 이메일 주소만 나와 있었다. 괜찮은 일자리는 시간을 다툰다. 남들보다 한발 먼저 움직여야 하는데 이메일을 사용할 줄 몰라 그때마다 매번 친구에게 이력서 보내달라고 부탁하고 있었다. 인터넷 뱅킹 역시 사용할 줄 몰랐다. 매달 집세를 송금할 때마다 은행으로 달려갔다. 옆집에서 폰으로 클릭 몇번 하더니 필요한 물건이 하루 만에 오는 걸 보고 신기한 세상이라고 감탄하면서도 60대 중반인 강씨는 이 나이에 골치 아픈 컴퓨터는 배워서 뭐 하냐고 손사래 쳤다.

왜 그럴까. 지금이 어느 시대인데. 4차 산업시대에 접어들고 있는 이때에, 아직 이메일도 모르고 인터넷을 남의 이야기로 알고 살고 있다니. 인터넷을 사용하는데 학력과 나이를 따져야 할 일인가 싶다. 생각하나 바꾸면 될 텐데 말이다.

갈수록 놀라운 속도로 발전하고 있는 인터넷은 우리를 경이로운 세상으로 안내해 주고 있지 않은가. 전국 어디든 로드 뷰로 낯선 길도 척척 찾아갈 수 있고, 구글 지도 클릭 한 번으로 세계 어느 곳이든 방안에 앉아서도 들여다볼 수 있다. 컴퓨터 앞에서 클릭 한 번으로 여행 가고 싶은 곳을 사전 답사할 수 있는 것이다.

나는 오늘 한의원에 가서 침을 맞으려 했다. 일하다 시계를 보니 진료 마감 시간이 임박했다. 지금 가도 되는지 물어보고 싶은데 전화번호를 몰라 네이버 지도를 열고 한의원 이름을 검색하니 전화번호까지 알 수 있었다. 통화를 한 덕분에 다행히 진료를 받고 왔다. 평소에 구글 지도, 네이버 지도, 카카오 맵 모두 편리하게 이용하고 있다. 어떻게 이리 친절하게 잘 되어 있는지 참 고마움을 느끼며 산다.

운전을 할 때는 또 어떤가. 예전에 장거리 여행을 갈 적에는 종이 지도책을 펼쳐보며 다녔다. 지금은 실시간 고속도로 교통상황을 한눈에 볼 수 있어 막히지 않고 가장 빠른 길을 선택해서 갈 수 있다.

코로나19는 전 세계를 언택트(비대면. 직접 대면하지 않는다는 신조어) 세상으로 만들어버렸다. 대면할 수 없는 대인관계는 온택트(비대면을 일

컨는 '언택트'에 온라인을 통한 외부와의 '연결(on)'을 더한 개념으로, 온라인을 통해 대면하는 방식)로 빠르게 대체되고 있다. 온라인 쇼핑으로 생활용품을 구입하고, 재택근무를 하며 화상회의를 한다. 학생들은 줌으로 수업을 하고 학원이나 일반인을 위한 강의도 모두 줌 화상으로 진행되고 있다. 이 모두가 인터넷이 연결되어야만 가능한 것들이다.

나 역시 일주일 내내 줌 화상 강의 연속이다. 교육 일정을 인터넷 카페에서 찾아보고 필요한 것을 신청한다. 방안에서 편하게 공부할 수 있는 장점이 있다.

그 외에도 비즈니스, 취미, 자기 계발, 소모임 등 어떤 것이든 인터넷 세상에서 이루어진다. 인터넷이 없으면 블로그나 유튜브를 할 수 없고, 지도검색이나 온라인 쇼핑을 할 수도 없다. 전화나 문자. 카톡 오픈채팅방. 그리고 내비게이션. 뉴스 검색. 날씨 정보, 전자금융결제도 안 된다. 또한, 각종 티켓 예매. 음식 배달 주문. 버스 노선 검색. 카카오 택시 부르기. 대리운전 등을 할 수가 없다.

호텔에서 일하다 만난 박여사 남편은 아파트 관리실에서 일한다고 했다. 기계실이나 각 세대의 시설에 문제가 있으면 보수해주는 일이라고 했다. 인터넷은 다룰 필요가 없었다. 그러다 아파트형 복합 상가 건물로 직장을 옮겼다고 했다. 규모가 큰 신축 건물이다 보니 모든 시스템이 컴퓨터로 조작된다고 했다. 엘리베이터 작동에서

부터 주차장 관리까지 컴퓨터 조작을 해야 하는데, 박여사 남편은 컴퓨터를 다룰 줄 몰라 그만두었다고 했다. 아파트 경비를 해도 컴퓨터는 다룰 줄 알아야 하는 세상이 온 것이다. 모든 기계를 원격으로 제어하는 방법을 알려면 인터넷 활용이 자유로워야 할 것이다.

지금 시대에 인터넷 없이 산다는 건, 마치 암흑천지가 된 느낌인 것이다. 그러니 인터넷 통신망 없는 삶은 이젠 상상하기조차 힘들어졌다.

마흔 살에 중앙대 예술대학원을 다녔다. 학교를 다닌다는 건 행복한 일이었지만 늦은 나이에 하다 보니 따라가기가 쉽지 않았다. 당시에 컴퓨터가 없던 나는 PC방에서 이메일을 주고받을 정도였다. 지금처럼 인터넷을 사용하지 않고 있었다. 세계음악사에 관한 리포트의 자료를 찾기 위해 땀 뻘뻘 흘리며 도서관을 서성였다. 내가 서툴게 논문을 뒤적거리는 동안, 젊은 동기들은 인터넷으로 손쉽게 원하는 내용을 얻어낸 사실을 나중에야 알았다.

"어떻게 그리 잘 만들었어?"

"언니, 그거 우리 남편이 인터넷으로 자료 다 뽑아준 거예요."

내용이 알차고 풍부하니 점수도 당연히 잘 나왔다. 내가 도서관을 들락거리는 동안 그들은 구글 검색으로 간단히 해결 했던 것이다. 해외를 넘나들며 내가 알지 못하는 자료들을 그들은 풍부하게 채워 넣었다. 형편없는 내 리포트가 창피했다. 뭔가 억울하고 답답한 느낌도 지울 수가 없었다. 물론, PC방을 이용해서 시를 이메일로 전송하는 정도는 했었지만. 구글 검색이라는 걸 활용할 줄 몰랐던 때였다. 나는 아날로그 방식으로 살고 있었고, 과제를 워드로 작성해서 봉투에 넣어 우편으로 보냈던 적도 있었다. 문득 그때를 떠올리니 참으로 격세지감이다.

인터넷은 이제 선택이 아니라 필수인 시대이다. 이미 우리 생활과 밀접해져 있다. 인터넷을 안 하고는 살아가기 힘든 세상이 된 것이다. 김여사보다 두 살 많은 우리 언니도 중학교만 마쳤다. 언니는 다행히도 인터넷을 자유자재로 다룬다. 아이들 덕분에 컴퓨터를 가까이 한 것이다. 호기심 많은 언니가 SNS로 소통 한지도 거의 십여 년은 된 것 같다. 인터넷 세상에서 언니는 오늘도 첨단의 풍요로움을 누린다.

외형적인 모습에 주름 몇 개 보이는 게 대수인가. 늘 배우는 사람은 늙지 않는다고 한다. 다만, 숫자에 굴복하고 자신이 늙었다고 인정하는 사람은 늙은이이다. 실제 나이와 상관없이 우리의 뇌는 배움을 멈추는 순간 늙는다고 한다. 세월 따라 오는 노화야 어쩔 수 없다 할지라도 나는 노쇠한 인생으로 살지는 않을 것이다.

한 방송에 출연한 102세의 김형석 교수는 "나는 인생의 노른자 나이는 60세 이후라고 생각한다."고 말했다. 그의 인생을 되돌아볼 때 환갑이 지나고 나서 오히려 학구열이 불타올랐다고 했다. 아직도 배우고, 집필하고, 강연을 다니시는 모습이 가히 존경스럽다. 단지 나이를 먹었다고 해서 늙은 것이 아님을 몸소 실천해 보이고 있었다.

"세월은 피부의 주름살을 늘게 하지만 열정을 가진 마음을 시들게 하지는 못한다. 머리를 높이 치켜들고 희망의 물결을 붙잡는 한 팔십 세라도 인간은 청춘으로 남는다." 독일의 시인 사무엘 울만이

78세에 쓴 〈청춘〉이라는 시 또한 내 가슴을 뛰게 한다.

　103세의 김옥라 여사는 매일 아침 글쓰기로 하루를 시작한다고 했다. 타이핑 속도와 시력이 50, 60대 못지 않았다. 김옥라 님은 스스로 나이 들었다는 생각 안 하고 산다고 말했다. 나이를 잊고, 하고 싶은 일 하며 사는 게 장수의 비결인지도 모르겠다. 나이에 양보하지 않는 열정을 본받고 싶어졌다.

　나는 호기심이 많은 편이라 배우는 걸 좋아했다. 어쩌면 아이가 없는 허전함을 달래려는 몸짓이었는지도 모르겠다. 25살이라는 나이에 결혼이라는 걸 했다. 동생의 결혼을 막고 있다는 원망을 들으며, 등 떠밀려서 마지못해 한 결혼생활은 참으로 삭막했다. 사막을 홀로 걷는 기분이라고나 할까. 하루 24시간 중 17시간을 혼자 보냈고, 그나마 한 달에 반은 남편이 지방 출장을 떠났다. 그때마다 유행하는 취미 생활을 찾아 기웃거렸다. 지점토 공예, 꽃꽂이, 주부노래 교실, 영어, 일어, 속기, 붓글씨 등등 흉내만 내고 그만 두었지만 관심이 가는 건 꼭 해봐야 했다. 가장 좋아하는 피아노만은 평생 지속적으로 배웠다. 그러면서 부업으로 동네 아이들에게 피아노를 가르쳤다.

　결혼 전에 도서관학과 1학년을 다니다가 포기해서인지 학업에 대한 목마름이 남아있었다. 학비가 저렴하고 시간이 자유로운 방송대 불어과에 입학해 새로운 공부를 시작했다. 끈기가 부족해 3학년을 못 넘기고 흐지부지 된 건 아쉬움으로 남는다.

지금 생각하니 웬 호기심이 그리 많았는지 모르겠다. 여성 운전자가 드물던 83년도에 운전면허증을 땄고, 88년도에 승용차를 장만해서 조금씩 운전을 했다. 하지만 운전에는 능숙한 편이 아니었다. 자동차 구조를 몰라서 운전이 더 미숙한 것 같아 집 근처 자동차 정비학원에 등록했다. 남자들만 있는 곳에 젊은 여자 혼자 있으니 모두들 나를 신기하게 쳐다봤다. 세상 숫기라곤 없는 나에게 어디서 그런 대범함이 나온 건지 지금 생각해봐도 참 놀랍다.

언제인지 기억은 희미하지만, 컴퓨터도 그 무렵에 배운 것 같다. 그때는 MS도스 시대여서 일일이 명령어를 쳐서 들어갔었다. 지금 그나마 컴퓨터가 편하게 느껴지는 건 일찍 배워둔 덕분인 것 같다.

나는 젊게 살기 위해 계속해서 배움의 호기심을 놓지 않을 작정이다. "이건 뭐지?", "왜 그러지?"라는 질문을 던지며, 그것에 대한 해답을 찾기 위해 끊임없이 공부할 것이다. 평생 배우는 사람은 늙지 않는다는 진리를 믿으며, 나는 죽을 때까지 호기심을 잃지 않으려 노력하고 애쓸 것이다.

"나이를 더해가는 것만으로 사람은 늙지 않는다. 이상을 잃어버릴 때 비로소 늙는다."라는 구절을 새기며, 나는 오늘 젊음을 향한 한 발을 또 내디딜 것이다.

chapter 2

까짓 거 못할 게 뭐냐
- 유튜브 시작 꿀팁 정리 -

외로운 인생길에 유튜브를 만났다. 그때가 내 나이 58세였다. 이
별 준비를 못한 채 엄마를 떠나보낸 충격으로 괴로워하던 때였다.
그러던 어느 날, 모임 멤버인 친구가 카톡 채팅방에 '황창연 신부
강연 영상'을 올렸다. 그 영상을 계기로 유튜브에 빠져들었다. 그렇
게 유튜브를 보면서 위로가 얻었고 힐링과 동시에 희망을 품게 되
었다. 이제 유튜브는 나의 친구가 되어 있다.

그렇게 유튜브에 푹 빠져 있던 내게 '단희TV' 채널은 내 생각을
180도 바꾸어 놓는 계기가 되었다.

일명 '단희쌤'이라고 불리우는 50대의 유튜버는 은퇴 후의 삶을
준비하는 중년을 위한 채널을 운영하고 있었다. 선한 이미지에 내
용이 진솔하다 보니 나도 모르게 푹 빠져들었다. 1인 지식기업을
해야 한다는 당위성과 필요성에 대해 강조했다. 또한 1인 지식창업
의 중심에 유튜브가 있다고도 했다. 영상 마무리엔 매번 "망설이지
말고 지금 당장 유튜브를 시작하세요."라고 힘주어 말했다.

"그래? 누구나 할 수 있다고? 아무리, 그래도 그렇지. 이 나이에 유튜브란 걸 어떻게 해."라며 나는 반신반의했다.

그 무렵 언론 매체에 혜성같이 등장한 한 할머니가 세간의 관심을 모으고 있었다. 바로 앞에서 언급했던 '파워 크리에이터 박막례 할머니'이다. 신기하고 내심 부러웠다. 이상하게 나도 할 수 있겠다는 용기가 생겨나기 시작했다. 그리고 단희TV의 단희쌤의 목소리가 자꾸 귀에서 맴돌았다.

"당신도 할 수 있습니다. 지금 당장 시작하십시오."

'그래, 까짓 거 한번 해보자. 생각이 젊으면 행동도 젊어진다잖아! 이 나이가 뭐 어때서.'

자꾸 반복해서 듣다 보니 나도 모르는 사이 설득을 당했는지, 세뇌가 된 건지 알 수 없지만 나는 유튜버가 되기로 결심했다.

"시작하기 위해 위대할 필요는 없지만 위대해지기 위해서는 반드시 시작해야 한다." 작가 지그 지글러의 말처럼 시작하기 위해서는 위대할 필요가 없었다. 특히 유튜브는 이메일 아이디와 스마트폰만 있으면 누구나 바로 시작할 수 있는데 망설일 필요가 없었다. 지금 시작하지 않는다면 10년 후에는 '그때 했었어야 하는데'라며 무릎을 치고 후회할지도 모른다는 생각이 들었다.

하지만 유튜브 영상 제작을 전혀 모르는 나에게는 생각만큼 쉽지 않았다. 게다가 누군가에게 물어볼 수도, 도움을 요청할 사람도 주위에 없었다. 오로지 모든 걸 혼자 해결해야 했다.

나는 제일 먼저 유튜브에 관련된 책을 몇 권 샀다. 책을 전반적으로 후루룩 훑어보고 나서 대략적인 틀을 잡아갔다. 책으로 이해가 안 되는 부분들은 유튜브에 올라온 영상을 보면서 하나씩 해결해 나갔다.

마치 요술램프의 지니가 나타나 "주인님 부르셨습니까. 명령만 내리십시오." 하듯 필요한 영상들이 나타났다. 친절한 유튜버들이 조목조목 알려주는 걸 따라 하니 다행히 문제들이 해결되었다.

그럭저럭 첫 영상을 만들어 업로드 했다. 물론 엉성하고 촌스럽기 짝이 없었다. 그런데도 묘한 설렘이 생겼다. 뭔지 모를 뿌듯함 같은 게 마구 차올라왔다. 영상을 만들 수 있다는 그 자체만으로도 그렇게 재미있을 수가 없었다. 내가 즐길 '놀잇감을 이제야 제대로 만났구나' 하는 생각에 기뻤다.

특정한 그들만의 영역이라 여겼던 유튜브 플랫폼에 나도 한 발 집어넣었다고 생각하니 자존감까지 올라갔다. 첫발을 내디뎠다는 것만으로도 나에겐 큰 의미였고 희망이 솟구쳤다. 그리고 십 년 후의 내 모습을 상상하니 70세의 멋진 유튜브 크리에이터의 모습이 떠오른다. 나도 모르게 행복한 웃음이 절로 나온다.

비록 느리고 더디더라도 꾸준히 이 길을 걸어갈 것이다. 박막례 유튜버만큼 놀라운 성과가 안 보인다 할지라도, 그래도 그 길을 가 볼 작정이다. 아주 작은 성취감 하나가 미래에 대한 기대감까지 안 겨 주었다.

단희TV를 통해 가치 있는 한 편의 영상이 누군가의 인생을 바꿀 수도 있다는 것을 알게 됐다. 이제 나는 유튜브를 통해, 보다 나은 내일을 꿈꾸며 살 것이다. 살면서 유튜버가 되리라고는 꿈에도 생 각을 못 했지만, 어쨌든 이제부터 '나는 유튜버'이다.

유튜브를 하기 위해서는 먼저 구글 계정이 필요하다. 유튜브는 전 세계적으로 남녀노소 할 것 없이 쉽게 동영상을 시청할 수 있다. 복잡한 절차 따위 없이 영상을 클릭만 하면 된다. 하지만, 동영상을 만드는 제작자 입장에서는 가입 절차가 필수조건이다.

유튜브는 구글에서 운영하고 있는 플랫폼이기 때문에 크롬으로 접속하는 게 좋다. 크롬 브라우저를 실행한 후 구글 사이트(https://www.google.oc.kr)에 접속한다. 절차에 따라 회원가입을 하면 구글 아이디가 생성된다. 그런 후 화면 오른 쪽 상단에 떠 있는 본인 아이콘을 클릭해 들어간다. '구글 계정 만들기' 버튼이 뜨면 클릭하여, 사용자 이름, 비밀번호, 등 개인 정보를 입력하여 인증 절차를 밟는다. 계정 만들기가 완료되면 '성희님, 환영합니다'라는 화면이 나타나는데 구글 계정이 생성된 것이다.

알고 보니 내 계정은 이미 만들어져 있었다. 영상도 하나 업로드 되어 있었다. 세상에나, '내가 이렇게 시대 흐름에 발 빠르게 움직이는 사람이었어?' 스스로 감탄했다. 그런데 아이러니하게도 어떻게 이 영상이 올려져 있는지 전혀 기억에 없었다. 아니 까마득히 잊어버렸다. 이제 발견하고 보니, 그동안 방치하고 있었다는 게 너무 아깝다는 생각이 들었다.

유튜브에 대한 개념이 전혀 없었던 2015년 '아시안 허브' 최진희 대표는 우리에게 '영상 제작' 미션을 주었다. 하지만 그때는 우리에게 너무 당황스러운 미션이었다.

"아니, 사진 찍어 기사 올리면 되지, 우리에게 별걸 다 시키네."

"이 나이에 그런 골치 아픈 걸로 스트레스를 받아야겠어?"

우리는 해보지 않은 일이라 투덜거렸다. 당시에 최 대표가 운영하는 인터넷 신문인 '글로벌다문화신문'에 나를 포함한 5명이 시니어 기자단으로 활동하고 있었다. 최 대표는 인터넷 신문을 활성화시키기 위해 영상 제작을 기획했는데, 우리의 녹슨 머리가 따라가주질 못했다. 다문화 가정의 아이들이 한국에서 어떻게 적응해 가는지 등의 생활상을 다큐멘터리로 제작하고 싶었던 최 대표는 전문가를 불러 우리를 교육시켰다.

무비 메이커로 영상 편집하는 과정이었는데 재밌고 신기했다. 하지만 문제는 어려웠다. 어제 알려주면 오늘 까먹고 맨날 버벅거리기 일쑤였다. 멤버 중 좀 빠릿빠릿한 이가 도맡아 편집을 하고 완성했다. 구글에 업로드 하는 과정도 절차가 까다롭고 복잡하게만 여겨졌다. 뭐 하는지도 몰랐던 그게 바로 유튜브에 업로드한 과정인 걸 이제야 알게 됐다.

지금 해보니 너무 쉬운데 왜 그렇게 어렵게 느껴졌던 것일까. 아마도 내 일이 아닌 남의 일이라는 인식 때문이었던 것 같다. 왜 해야 하는지 개념도 없었고 목적의식이 뚜렷하지 않으니 흥미가 있을 리 만무했다.

생각해보니 아시안 허브에 가기 전에도 유튜브에 대해 눈을 뜰 기회가 있었다.

우리나라에 페이스북이 알려지기 시작할 2010년 쯤 나도 우연히 페이스북을 하게 되었다. 그때 나에게는 페이스북 친구가 5천 명이 넘었고, 그들과 교류하는 게 재밌었다. 그러다가 어떤 외국인 친구가 자꾸 쪽지를 보내오는데 내 영어 실력이 짧았던 탓에 겨우 더듬거리며 알아보니 "당신은 유튜브가 있는가? 있으면 주소를 알려 달라."라는 내용이었다. 그런데 그때 나의 짧은 영어 실력과 유튜브라는 생소한 단어로 인해 엉뚱하게 해석하고 말았다.

'튜브? 그게 뭐지? 고무호스 같은 건가? 도대체 모르겠네.' 결국 나는 공부 좀 했다는 박사 친구에게 물어보았다.

"누가 이런 걸 물어보는데, 튜뷰가 뭐라니?"

"글쎄, 나도 모르겠네."

그 친구도 금시초문이라고 했다. 무식한 두 아줌마의 해프닝이었다. 뭔가 찾는 게 있는 것 같은데 아마 '문화 차이인가보다'라는 결론을 내리고 더 이상 관심 두지 않았다. 세상은 아는 만큼 보인다더니 손에 쥐어 줘도 모르면 버리는 것이다. 만약에 10여 년 전에 유튜브를 본격적으로 시작했더라면 박막례 할머니처럼 채널이 커졌을까? 모르긴 해도 그건 아닐 것이다. 사람마다 다 그릇이 있게 마련이니. 그 사람은 아마도 날 때부터 '백만 유튜버'로 태어났을 것이다. 그러니 아쉬울 것 하나도 없다. 지금 이 순간부터 나는 나의 길을 만들어 가면 될 테니까.

최 대표는 폰으로 키네마스터(모바일 동영상 편집앱)로 편집하는 교육도 시켰었다. 인터뷰 기사를 영상으로 손쉽게 제작할 수 있어서 편리했다. 지금은 많은 편집앱이 있고 사용법도 더 간편해졌지만 그래도 키네마스터가 익숙하다. 내가 혼자서 영상을 편집하고 쉽게 업로드 시킬 수 있는 것은 모두 그때 배웠던 덕이 크다. 근데 그때는 폰에서 바로 유튜브 연결하는 걸 왜 몰랐을까. 아니면 그때보다 점점 더 쉽게 업그레이드 되었는지도 모르겠다.

시대는 지금 빠르게 변화하고 있다. 기존의 학벌 중심사회도 이제는 옛말이 되었다. 성공하기 위해 명문대를 가고 대기업에 취직하던 일명 엘리트 코스는 점점 사라지고 있다. 오히려 학벌에 연연하지 않으면서도 성공하는 사람들이 속출하고 있다. 그러니 시대의 흐름을 빨리 알아채고 트렌드를 이해하는 것이 중요하다. 이 시대의 가장 큰 변화 중 하나는 SNS의 생활화라고 한다. 초창기 SNS는 그냥 친구나 사귀고, 인스타그램에 사진 좀 공유하는 정도였을지 모르지만, 현시점에 와서는 인맥을 형성하는 네트워크가 되고, 나아가서는 직종으로 이어지는 시대가 되었다. 그중에 유튜브는 가장 대세가 아닐까 생각한다.

유튜브를 시작하려고 마음먹은 후 '내가 잘하는 게 뭐가 있지?'를 생각해보았다. 딱히 이렇다 할만한 게 떠오르지 않았다. 꾸준히 지속적으로 할 수 있는 콘텐츠가 뭘까. 남들에게 보여 줄 만큼 특별하게 잘하는 게 있나? 내가 젤 좋아하는 취미는 뭐더라? 그냥 쉽게 시작하라고 했는데…….

막상하려니 막막했다. 콘텐츠가 중요하다고 하는데 도대체 콘텐츠란 게 뭐길래? 콘텐츠란 '인터넷이나 컴퓨터 통신 등을 통하여 제공되는 각종 정보나 그 내용물. 유·무선 전기 통신망에서 사용하기 위하여 문자, 부호, 음성, 음향, 이미지, 영상 등을 디지털 방식으로 제작해 처리하고, 유통하는 각종 정보 또는 그 내용물을 통틀어 이른다.'라고 표준국어대사전에 정의되어있다.

그렇다면, 유튜브에서의 콘텐츠란 무엇일까. 바로 '나' 자신이다. 내 정체성을 담아내는 내용물을 보여주는 것이다. '나는 특별한 게 없는데 어떡하지?'라는 생각이 든다면 괜찮다고 말해주고 싶다. 뭐 꼭 특별하고 대단해야만 유튜브를 하는 건 아니다. 큰 틀로는 한 사람이 태어나서 현재에 이르기까지의 인생 여정이 될 것이고, 작은 틀로는 하루 중 일어나는 수많은 에피소드가 모두 소재가 되어 콘텐츠에 담겨질 수 있는 것이다. 설거지를 하고, 빨래를 하고, 책을 읽고, 육아일기를 쓰고, 이웃과 푼수를 떨고, 산책을 하고, 영화를 보고, 취미 생활을 하고 등등. 일상의 모든 것이 콘텐츠의 소재가 된다. 다만 유튜버가 보는 각도에 따라 좋은 콘텐츠로 탄생할 수도 있고, 먼지처럼 아무것도 아닌 일이 되어 사라져버릴 수도 있을 것이다. 그러니 "이딴 허접한 게 무슨 콘텐츠야?"라고 홀대할 것이 아니라 애정을 갖고 다듬어 볼 일이다.

유튜브 1인 크리에이터가 되려면 내가 관심 있고, 잘 할 수 있는 지속 가능한 콘셉트를 찾아야 한다. 일주일에 최소 두 편씩 기획하고 편집해서 업로드 해야 한다. 1년간 꾸준히 하면 성과가 보인다고 한다. 그렇지만 막상 시작해보니 일주일에 한 개 업로드도 만만치 않았다. 그래서 지치지 않고 지속적으로 할 수 있는 아이템이 중요하다는 것이다. 평소 하고 있는 취미 생활이나 직업도 영상으로 잘 담아내면 인기를 끌 수 있다. 유행 따라 뜨고 지는 핫한 콘셉트를 잡기보다는, 일상에서 늘 함께하는 요리 같은 콘텐츠가 사랑을 받는 경우를 보게 된다. 솜씨가 대단하거나 특별할 것도 없는 레시피인데도 자신만의 집밥을 소개해서 대박을 터트리기도 한다. '주부나라 채널'을 운영하는 유튜브 크리에이터도 반찬 레시피에서부터 파 뿌리 기르는 법, 계란판을 이용한 콩나물 기르는 법 등 일상의 소소한 것들을 소재로 인기를 끌고 있다. 쓰레기를 버리다가도 아이템을 찾고, 채소를 고르다가도 아이디어를 떠올린다.

예를 들면, 좋은 채소 고르는 법, 사가지고 와서 잔류농약 씻어내는 법, 상한 호박 먹으면 발암물질이 나온다는 것, 쌀 씻은 물이 검은색을 띄면 독소가 있어 위험하다는 것 등등. 관심을 끄는 정보가 무한정 쏟아진다.

유튜브의 신 '대도서관'도 처음부터 잘하지는 않았다고 했다. 평소 좋아하는 것을 꾸준히 올리다 보면 어느 순간 몰라보게 성장해 있다는 것. 자기 주변에서 사소하다 싶은 것도 다 소재가 될 수 있다는 것이다.

이러한 방식을 모범적으로 실천한 65세의 주미덕 씨는 유튜브 크리에이터 성공궤도에 올라섰다. 7개월 만에 1천 명의 구독자와 시청 시간인 4천 시간을 달성했다고 한다. 1년이 넘은 현재는 구독자가 1만 7천 명이 되었다. 주미덕 씨의 장점은 평소에 본인이 잘하는 요리를 선택해 일주일에 한두 번씩 공백을 두지 않고 꾸준히 올렸다는 것이다. 영상을 지속적으로 많이 올리면 유튜브에 노출될 확률이 높다는 말을 입증해 보여주는 것 같다. 유튜브에서 성공의 기쁨을 맛본 주미덕씨는 내친김에 책 쓰기에도 도전했다. 바로 '유튜버와 작가, 예순 넘어 시작하다.'라는 저서이다. 짧은 시간에 이두 가지를 다 성공시킨 주미덕 크리에이터가 가히 존경스럽다.

요리 콘텐츠는 참 욕심난다. 세상 모든 사람이 먹고살아야 하는 소재라 웬만해서는 실패를 안 하는 콘텐츠 일 것 같다. 특히 음식 만드는데 서투른 초보 주부나 혼밥을 먹는 사람들도 찾을 수밖에 없는 좋은 콘텐츠라 생각한다. 시청 지속시간을 끄는 점도 솔깃하다. 만드는 과정을 되풀이해서 몇 번이고 따라 하기 때문이다. 나도 9개월 입주 도우미 할 때 아주 유용하게 사용했다. 구독자, 시청시간, 조회 수 올리는데 이만한 게 없다 싶지만 아쉽게 나에겐 맞지 않았다. 식구가 없으니 먹을 사람이 있는 것도 아니고, 집에 주방 시설과 주방 기구가 제대로 갖춰지지도 않았다.

내가 좋아하는 건 음악이고 잘하는 것도 피아노이지만 이사 다니느라 팔아버렸다. 악기든 외국어든 뭔가를 가르치는 소재는 좋은 콘텐츠이다. 대체적으로 성장 속도도 빠르다. 하지만, 피아노는 나중에 생각해보기로 했다. 메인 주제를 정하지는 못했지만, 하루 중 일어나는 잡다한 일상을 카메라에 담았다.
'괜찮아, 좀 허접하면 어때. 처음부터 잘할 수는 없잖아?.' 그저 시도한다는 자체만으로도 짜릿하고 만족스러우면 된 거다.

성공한 유튜버들도 처음엔 콘텐츠 찾느라 헤맸다고 한다. 내가 즐겨보는 '김새해 유튜버'도 처음에는 메이크업하기, 아이랑 머리 자르기 등 뷰티로 시작했다가 북튜버로 자리를 잡아 구독자 20만 명까지 올랐었다. '소사장소피아' 박혜정 유튜버는 첫 영상에 아이 업고 설거지하기, 빨래 개키기 등 주부의 평범한 일상 모습을 카메라에 담았다. 지금은 부동산 재테크 쪽으로 방향을 잡아 구독자 9만 명이 넘었다. 이렇게 우리 안에는 어떤 보물이 잠재되어 있는지 모른다. 그러니 콘텐츠가 떠오르지 않는다고 미루고 있을 필요는 없다. '내가 가진 콘텐츠가 과연 사람들이 좋아하는 것일까?' 고민은 그만하고 바로 실행에 옮기는 것이 중요하다. 하다가 길을 찾자. 관심 있는 분야의 성공한 유튜버를 벤치마킹하면서 자신만의 색깔을 발견할 수도 있을 것이다. 그것이 어쩌면 더 빠른 방법일지도 모르겠다.

2018년 12월에 설레는 마음으로 첫 영상을 업로드 했다. 업로드 버튼을 누를 때 얼마나 두근거렸는지 모른다. '내 영상을 보고 사람들이 무어라 댓글을 달까?' 하지만 괜한 염려였다. 아무도 보는 사람이 없었다.

요즘 항간에 떠도는 소문에 의하면 첫 영상은 팍팍 밀어주고 노출을 엄청 시켜준다는데 나는 그 혜택을 누리진 못했다. 정확하게 기억할 수는 없지만 약 3개월가량 내 채널은 방문자 없는 조용한 방이었다. 보는 사람도 없으니 오히려 마음이 편했다. 내 맘대로 이것저것 올려보았다. 그야말로 나의 영상 일기장 같은 거였다. 조회 수는 간간이 한 번, 두 번 입질을 하는 듯 하였으나, 구독자는 여전히 0명이었다. '누가 클릭 했을까?' 그게 더 신기할 정도였다.

2019년 기준으로 한국 채널 총구독자 숫자는 약 8억 8000만 명이고, 한국 채널 총 누적 조회 수는 약 2900억 회라고 한다. 현실적으로 내 채널은 바닷가 모래사장에서 한 알의 모래 같은 느낌이다.

전 세계적으로 매달 유튜브에 로그인하는 사용자는 약 20억 명 정도라고 한다. 인터넷 사용자가 50억 명 정도 된다고 하니 약 3분의 1이 넘는 숫자이다. 또, 1일 누적 시청 시간은 10억 시간이며, 누적 조회 수는 7억 회라고 한다. 이렇게까지 엄청난 사용 수치를 기록할 수 있는 이유 중 하나는 유튜브가 100개국이 넘는 국가에서 80개 이상의 언어로 서비스되고 있기 때문이라고 한다. 유튜브를 직업 삼아 올인하려는 젊은이들이 이해가 간다. 하지만 나는 그럴 마음이 없다. 모래밭에서 싸워 이길 자신이 없으니까.

3개월이 지나던 어느 날 드디어 구독자 1명이 등장했다. 그때의 감개무량함은 말로 표현할 수가 없다. 동시에 부담에 대한 압박감도 덮쳐왔다. '이런~ 세상에, 누군가 나를 지켜보고 있다. 그 누군가는 누구일까.' 그러므로 이제부턴 더 이상 내 일기장이 아닌 게 되어버렸다. 그럭저럭 가뭄에 콩 나듯 구독자가 한 명씩 늘어갔다. 일년이 지난 시점에서도 별로 큰 변화는 없었다. 당연한 결과였다. 왜냐하면, 영상을 규칙적으로 꾸준히 올리지 않았기 때문이었다. 그런데다가 내용도 빈약한 브이로그는 타인의 관심을 끌기엔 역부족이었던 것이다. 9개월간의 입주 도우미를 하며 틈틈이 즐겼던 유튜브 놀이는 한 사건을 맞이하면서 잠정 중단되었다. 그 충격으로 6

개월간의 심신의 치료를 거쳐 2020년 봄, 다시 영상을 업로드 했다. 고맙게도 30여 명의 구독자가 남아있는 상태였다. 그들에게 무엇을 전해줄까. 콘텐츠를 고민했다. 일상을 담는 영상이라 하더라도 뭔가 가치 있는 메시지가 담겨야 한다는 생각이 들었다. 스마트 스토어를 시작하기 위해 '오너클랜'에 갔다 온 이야기 영상이, 3월부터 9월까지 올린 26개 영상 중 가장 독보적인 조회 수를 기록했다. 다른 영상들이 평균적으로 100회 정도의 조회 수를 보일 때 스마트 스토어 영상은 3천 회를 기록하고 있었다. 그러나 하나의 영상이 조회 수가 많다고 해서 곧바로 구독자로 유입되지는 않는다는 현상을 발견했다. 스마트 스토어를 가지고 일관되게 이어서 올리지 않았기 때문이다.

준비가 잘된 사람은 유튜브 시작 하루 만에도 또는 한 달 만에도 구독자 100명을 이끌어 내는데 비해, 나는 일 년을 넘기고도 30~40명에 머물렀다. 당연히 그들과 비교할 필요는 없다. 나는 유튜브에 발을 디딘 것만으로 즐겁고 감사할 일이라 생각하고 있으니까.

'배운다TV'의 밴다쌤이 구독자 100명 미만 채널 3개를 선정해서 컨설팅을 진행했다. 시니어 채널로는 내가 뽑혔다. 왠지 부끄러운 현실이지만, 어쨌거나 뽑힌다는 건 영광스러운 일이지 않은가.

진단 결과는,

첫째, 자신만의 캐릭터가 명확하지 않다는 것.
둘째, 썸네일이 산만하여 가독성이 떨어진다는 것.
셋째, 영상의 주제나 컨셉에 일관성이 없다는 것.

무척이나 공감이 가는 진단이었다. 유튜버라면 당연히 따라야 할 정석이다. 하지만 내가 지키기에는 쉽지 않은 모범답안 같은 거였다. 성공을 꿈꾸는 젊은 유튜버라면 이대로 따르면 잘 될 거란 확신은 든다. 물론 유튜브는 콘텐츠뿐만 아니라 다른 이유들도 작용한다. 시작 전부터 이미 인지도가 있는 연예인이나 사회적으로 유명 인사들은 무엇을 올리든 수월하게 구독자가 몰리는 특징이 있다. 젊지도 유명인도 아닌 나는 그저 유튜브가 좋아서 한다.

나는 굳이 좋은 표현을 빌리자면 '자유로운 영혼'의 소유자이다. 규정된 틀에 뭔지 모를 불편함을 느낀다. '60세는 어떻게 사는가.' 그 자체가 콘텐츠라고 억지 주장을 하고 싶다. 나의 캐릭터는, 60세 싱글 여자가 세상을 살아가는 '그냥 특별할 것 없는 평범하고 소소한 이야기'이다. 채널의 주제도 요리면 요리, 운동이면 운동 이러한 뚜렷한 메인 주제 한가지로 정하면 성공률이 높다는 것을 알고 있지만 그럴만한 콘텐츠가 없으니 그냥 내가 하고 싶은 거 영상 백 개쯤 업로드 해본 후, 생각해봐야겠다. 구독자 수에 너무 연연하여 스트레스 받느니, 그냥 하고 싶은 것 자연스럽게 하면서 즐기고 싶은 마음이 더 크다. 유튜브는 나에게 친구이고 나는 그냥 친구와 놀고 싶은 것이다. 분명한 것은 유튜브 하면서 우울함을 이겨 냈고 삶의 즐거움을 찾았다는 것이다.

친구와 이야기를 하다 구독자를 모으기 위한 한 가지 팁을 얻었다. 어떤 유튜버가 초보 유튜버 시절 매일 댓글로 인사를 하더라는 것이다. 지금은 3만의 구독자를 보유하고 있는 유튜버가 되었다.

내가 가장 못하는 게 댓글을 다는 거였는데, 그런 나에게도 변화가 생겼다. 우선 내 채널에 댓글을 남긴 구독자들에게 빠짐없이 인사를 하고 구독자의 채널에 들어가 영상을 봐주기도 한다. 맞구독은 금기사항이라고 해서 신중해야 하지만 그럼에도 사람인지라 인정상 구독을 안 누를 수 없는 상황에선 구독을 눌러 주었다.

구독자 수가 많은 채널은 내가 굳이 안 눌러도 크게 영향을 미치지 않겠지만, 구독자가 정말 몇 명밖에 안 되는 채널에서는 한 사람의 구독자가 천군만마처럼 힘을 준다는 것을 경험했기에 특히 성실하게 열심히 하려는 모습이 보일 때는 구독을 꾹 눌러 주고 나왔다. 댓글도 영상을 다 본 후 정성껏 달아주었다. 들리는 말에 의하면 영상을 끝까지 다 보지도 않은 채 형식적으로 댓글을 달면 구글에서는 그 채널을 '어뷰징'(오용, 남용, 폐해 등의 뜻으로 의도적으로 검색 수, 클릭 수를 높이기 위해 콘텐츠에 부적절한 작업을 하는 것) 처리한다고 했다.

    댓글을 다는 일이 만만치는 않다. 시간을 들여 품을 팔아야 하는 일이다. 아무 채널이나 무분별하게 달 수는 없기 때문이다. 주로 음악이나 힐링을 주는 주제나 책 리뷰 등, 자기 계발 쪽 채널에 관심을 두었다. 내가 좋아하는 채널에 가서 영상을 다 본 후 그 영상에 달린 댓글을 꼼꼼히 읽어보고 그중에 댓글이 와 닿는 경우가 있으면 그 사람의 채널로 들어갔다. 업로드 된 영상들이 정서적으로 통한 데가 있거나 선한 영향력이 느껴지면 구독을 하고 댓글을 남겼다. 그랬더니 내가 단 댓글을 보고 내 채널을 방문하는 사람들이 생기기 시작했다. 이런 효과를 체험하고 나니 단 한 줄의 댓글을 쓰더라도 아무렇게나 쓰지 말아야겠다는 생각이 들었다. 진심을 담아 댓글로 소통하다 보니 유튜브 친구도 생겼다. 함께 걸어가며 격려해주니 외로움은 저만치 도망갔다.

    그리고 댓글의 위력이 결과로 나타났다. 그렇게도 늘어날 기미가 없어 남의 일인 줄 알았던 구독자 100명이 9월에 달성된 것이다.

    "와! 백 명이다."

    기쁨의 박수를 쳤다. 누구는 이렇게 말할 것이다. "만 명도 아니고 천 명도 아닌 단 백 명에 왜 이리 호들갑이야?" 그렇지만 나에게는 만 명 만큼이나 귀하고 크다. 분명 어제보다는 나아진 결과이니까. 고무적인 것은 점점 나아지고 있다는 것이다. 인생도 그렇다. 어제보다 나아진 삶이면 된다. 어찌 됐든 나는 이렇게 엉금엉금 기어서 100명 고지에 깃발을 꽂았다. 좀 느리면 뭐 어떤가. 가는 길을 즐기면 되지.

비록 남들보다 오래 걸릴지라도 멈추지 않고 거북이처럼 기어가 볼 작정이다. 멈추지 않으면 언젠가 목적지에 도달한다는 걸 알았으므로.

나의 유튜브 채널명을 처음에는 '정별TV'로 하였다가 '다꿈정별'로 변경했다. '정별'하니 왠지 아이들 이름을 떠올리게 된다는 주변의 반응 때문이었다. '정별'이란 닉네임을 쓴지는 삼십 여 년쯤 된 것 같다. 이메일을 개설하면서 사용하던 닉네임이었다. 내 성씨인 '정'과 '성희'의 별(星)을 그대로 사용해서 별 고민 없이 '정별'이라 손쉽게 만들었다. 근데 '별'이라는 닉네임이 조금 아명 느낌이어서, 좀 더 어른스럽게 '다시 꿈꾸는 시니어 인생'을 표방하기 위해 '다꿈정별'로 만들었다.

나처럼 유튜브 채널 이름을 어떻게 지어야 할지 고민하는 이들도 많을 것이다. 채널명이 정해지는 순간 이것이 자신의 브랜드가 되기 때문이다. 전업 유튜버들은 채널명도 전략적으로 지었다.

유튜브 채널명이 시청자에게 하나의 브랜드로 각인되면 나중에 수정하기가 어렵게 되기 때문에 신중해야 할 필요가 있다. 유튜브 비즈니스를 계획 중인 사람은 특히 채널명에 비중을 둔다. 그중에는 '네이밍 컨설팅 서비스'를 이용하기도 한다. 그만큼 채널명은 중요하다는 이야기이다.

유튜브를 보다 보면 채널명이 참 기발하다는 생각을 하게 되는 경우가 많다. 어떤 채널은 그 이름만 봐도 무엇을 하는 채널인지 한눈에 보이는가 하면, 도대체 뭘 하는 채널인지 아리송하게 만드는 경우도 있다. 예를 들면, '피아노 걸'은 예쁜 아가씨가 피아노 연주곡을 올리는 채널이고, '닥터 메탈의 슬기로운 드럼 생활'은 진료실 한 곳에서 전자 드럼을 연주하는 모습을 담아낸다. '독서연구소'는 좋은 책을 선정해 소개 해주는 채널이다. 젊은이들의 번뜩이는 재치와 통찰력이 돋보여 애독하는 채널이다. '뉴욕할배' 같은 경우는 사는 곳과 나이대가 바로 연상이 되는 채널명이다. '주부아빠'란 채널명도 딱 아빠의 육아일기가 연상되는 재밌는 채널명이다.

직관적이지 않으면서 재밌는 채널명도 있다. '세수하면 이병헌'이란 채널명은 너무 기발해 떠올릴 때마다 웃음을 자아내게 만드는데 의외로 콘텐츠는 블로그, SNS 마케팅에 관한 내용을 다루는 채널이다.

'써니네TV'는 전원생활의 아름다운 풍경이 에세이처럼 잔잔하게 담겨 있는 주부 채널이라 자주 들어가는데 영상을 보면 힐링이 된다. '부자해커'는 직장인이면서 부동산 경매로 수익을 내는 팁을 알려 주는 채널이고, '오씨 아줌마'는 IT 관련해서 SNS 등을 다루는 30대 남자 유튜버 채널이다.

가장 편하고 쉽게 만드는 채널명이 나처럼 자신의 이름을 활용해서 만드는 것이다. 어느 정도 인지도가 있는 사람이라면, 채널 주제와 이름을 같이 갈 경우 브랜드화 시키기에 안성맞춤일 거란 생각이 든다. '조관일TV'는 72세의 조관일 님이 자기 계발에 관한 정보와 조언을 제공하는 유익한 채널이라 애청하고 있다.

이왕이면 이름만 보고도 어떤 주제를 다루고 있는지를 명확하게 드러낸다면 채널 성장 속도가 빠를 것이다. 내 입장에서 말고 시청자 중심으로 작명을 해야 한다는 것이다.

채널명은 90일 단위로 세 번까지 변경이 가능 하다고 하니, 초창기에는 맘에 들 때까지 작명을 시도해 보면 될 것 같다. 백만 명이 넘는 구독자를 보유한 '신사임당'도 여러 번 변경한 끝에 지금의 결과를 이루었다고 한다. 그러나 구독자 수가 100명이 넘었을 경우 채널명을 변경하면 구독자가 혼란스러울 수 있으니 신중하길 권장한다.

나는 구독자가 50명 미만일 때 채널명을 변경했다. 채널명을 바꾸다 보니 그에 맞게 채널아트와 캐리커처도 새로 꾸며야 했다. 프로필 사진을 새 캐리커처로 바꾸고 새 채널명을 사용하니, 내가 다른 채널에 가서 댓글을 달 때 눈에 잘 띄는 효과가 있었다. 그 덕분인지 3개월 만에 구독자가 100명으로 늘었다. 그렇게도 요원하기만 하던 100이란 숫자가 찍히니 기분이 날아갈 듯 기뻤다.

그런데 유튜브 채널명에도 상표권 등록이 필요하다고 한다. 채널 활동이 아주 미미할 경우는 크게 문제가 없겠지만, 채널이 성장하고 어느 정도 영향력을 발휘하게 될 경우는 다르다. 혹시라도 있을 분쟁의 소지를 미연에 방지해야 하는 것이다. 대형 유튜버도 종종 상표권 분쟁에 휘말리는 경우가 있다고 한다. '보겸TV'는 다른 사람이 상표권 출원을 했다고 주장했고, 새로운 '초통령'으로 어린이들에게 큰 인기를 끌고 있는 '펭수'도 상표권 분쟁 중에 있다. 그러다 보니 채널이 큰 대부분의 유튜버들의 경우 상표권 등록을 하고 있다.

상표권 신청은 변리사를 통하거나 본인이 직접 할 수가 있다. 변리사에게 출원 신청을 부탁하면 아무래도 수수료에 대한 비용 부담이 있다. 대략 40여만 원쯤이라고 한다. 본인이 직접 할 수 있으면 5만 6천 원으로 신청서를 낼 수 있다고 한다. 심사 통과 후에 등록 유지비는 따로 들어간다는 점도 염두에 두면 좋겠다.

신청하기 전에, 자신의 채널명이 누군가 이미 사용하고 있지는 않은지 여부를 특허청 사이트에서 확인해봐야 한다. 검색창에 특허 정보검색 서비스인 〈키프리스〉를 검색해서 같은 채널명이 있는지 찾아본다. 같은 채널명이 발견되지 않으면, 검색창에 〈특허로〉

로 검색해서 들어간다. 그런 다음 국내 출원 신청 메뉴를 클릭하고 절차를 밟는다. 분류 코드는 '38류 방송업'에 해당한다고 한다. 신청하고 등록 심사 기간까지는 약 1년가량이 소요된다고 한다. 당장 사업이 급할 경우라든가 시간을 앞당기고 싶을 때도 방법은 있다고 한다. 30만 원 정도의 비용을 더 들이면 3, 4개월 정도로 기간을 앞당길 수 있는 우선 심사제도가 있다.

시간을 절약하는 가장 확실한 방법은 전문가를 통하는 것이다. 유튜버 '창업다마고치'는 비용 문제로 고민하는 구독자를 위하여 상표등록 전문 '마크인포'를 소개했다. 보다 저렴한 비용으로 인터넷에서 간편하게 신청 가능하다.

'내 채널명은 혹시 누가 사용 중일까?' 궁금한 생각이 들어 검색해 보니 다행히 아무도 사용하지는 않았다. 좋아해야 할 일인지 아닌지 헷갈린다. 인정하긴 싫지만 그다지 관심을 끌 만한 이름이 아닌가 보다. 나중에 구독자 수가 천명쯤 된다면 그때는 나도 상표권 등록을 해야 되지 않을까.

유튜브를 시작할 때 타인이 이미 사용 중인 줄 모르고 채널명을 만들었다거나, 나의 채널명을 추후에 남에게 빼앗길 위험을 사전에 방지하기 위해서는 상표권 등록을 하는 것이 좋을 것이다.

06 알고리즘 몰랐다가 망한 이야기 :

유튜브를 하려면 구글 알고리즘을 이해해야 한다. 하지만 나는 알고리즘을 전혀 알지 못한 상태로 시작했다가 요즘 말로 폭망했다. 그런데 그 알고리즘이라는 게 아주 이상해서 정확하게 아는 사람은 없다고 한다. 왜냐하면, 유튜브 알고리즘이 어떤 방식으로 어떻게 돌아가는지를 유튜브 측에서 명확히 밝힌 바가 없기 때문이다. 게다가 상황에 따라 시대에 따라 끊임없이 업데이트되기 때문에 유튜브에 종사하는 직원들조차도 정확하게 알 수 없다는 것이다. 다만, 성공한 유튜버들의 경험한 사례를 분석해서 알려진 경우가 대부분이다.

알려진 바에 의하면, 구글 알파고가 내가 만든 유튜브 영상을 일반 사람들에게 소개 시켜 주는 연결고리 시스템이라는 것 정도이다. 말하자면 영상을 좀 더 많이 노출 시켜 주는 특정 구독자 구간대가 있다고 한다. 주로 첫 영상일 때 노출을 많이 시켜 준다. 이어서 구독자 백 명일 때, 천 명일 때, 만 명일 때 구글에서 축하 이메일을 보내주는 것을 보면 노출을 많이 시켜 주는 구간임을 짐작할 수 있다.

또한 구독자의 유입을 늘리기 위해 다른 채널에 가서 댓글을 다는 방법이 있다. 이때 구글 알고리즘은 어뷰징을 가려낸다고 한다. 영상이 시작하자마자 댓글 한마디 달고 나가버리면 안 된다는 것이다. 영상을 끝까지 보는지 체크를 한다. 그러니 댓글을 정성껏 달아야 한다. 그러다 보면 해당 영상의 유튜버와 진정 어린 소통을 하게 된다. 덤으로 잘되고 있는 채널을 보고 배우는 기회가 되기도 한다. 또한, 내 댓글이 다른 구독자의 눈에 띄면 내 채널로 자연스럽게 들어오는 통로가 되기도 한다. 선순환이 되는 구조인 것이다.

어리석게도 나는 초창기에 이것을 하지 않았었다. 그러니 노출될 확률이 0%였던 것이다. 예전엔 새로운 동네로 이사를 가면 이웃들에게 떡을 돌리며 인사를 하고 다녔다. 지금도 상가나 가게를 오픈할 때 떡을 돌리며 인사를 하는 걸 볼 수 있다. '제가 새롭게 가게를 꾸며서 이러저러한 것을 팝니다.'라고 알리기 위해서이다. 이처럼 유튜브에서도 나를 알리기 위해 '제가 이런 영상을 만들었는데 한번 봐주실래요?'하고 인사 다니는 게 댓글의 역할이기도 한 것이다. 내가 영상을 하나 만들어 올려놨어도 노출이 안 되면 세상 그 누구도 모르기 때문이다.

유튜브 채널을 단시간에 빠르게 성장시킨 유튜버들의 노하우를 보면, 자기 존재감을 알리기 위해 여러 채널을 다니며 댓글을 하루에 100개씩 달았다고 한다. 실로 대단한 노력에 존경심마저 든다. 내가 해보니 서너 곳 다니기도 버거웠다. 그냥 대충 달면 어뷰징 처리가 되어 유튜브 측으로부터 제재를 받게 된다.

그러니 댓글 하나 제대로 남기기가 얼마나 힘이 드는 일인지 해보면 그 노고를 알게 된다.

유튜브를 보다 보면 참 신기하다는 생각이 들 때가 많다. 내 취향을 어느새 귀신같이 파악해 내가 관심 있을 것 같은 영상들을 친절하게 띄워 준다. 바로 추천 영상이다. 내가 어제 '영어 잘하는 방법'이라는 영상을 봤더니 영어에 관련된 영상들이 줄줄이 추천 영상으로 뜬다. 또 '건강에 관한 궁금증'을 검색해 봤더니 건강에 관련된 온갖 영상들이 나온다. 이렇게 각 시청자의 관심도에 따른 영상들을 선별 및 추천해주는데, 이러한 시스템을 유튜브 알고리즘이라고 부른다는 것이다.

유튜브에 관심 있는 사람이라면, 어디서든 한 번쯤은 들어봤을 것이다. 유튜브 알고리즘이 어떻게 돌아가는지를 알면 채널을 빠르게 키우는데 도움이 된다. 유튜브가 어떤 영상을 누군가에게 추천해줄 때 아무거나 막 해주지는 않는다는 것이다. 예를 들어서 학생에게 '집을 싸게 사는 유용한 팁'이나 '돈 버는 방법' 같은 뜬금없는 영상을 추천할 확률은 별로 없다. 반대로 운동에 관심이 많은 사람에겐 운동 관련 영상을, 요리에 관심이 많은 사람에게는 그에 맞는 요리정보 영상을 추천해 준다.

알고리즘의 이러한 특성을 파악해보니 내 채널의 문제점도 확연히 드러났다. 애매한 시니어 유튜버라는 것 외에 뚜렷한 메인 주제가 없었다. 올리는 영상들의 주제가 너무 중구난방이었다.

오늘은 요리 영상을 올렸다가 내일은 책을 리뷰하고 그다음 날에는 여행지를 소개한다면, "여기가 뭐 하는 채널이지?"라고 할 것이다. 당연히 유튜브 알고리즘뿐 아니라 예비구독자들도 헷갈릴 수밖에 없는 구조이다. 그럴 경우 대부분은 구독으로 이어지지 않는다. 가능한 내가 그 주제를 꾸준히 오래, 재밌게 다룰 수 있을지를 고민한 후 한 가지 주제를 깊이 파는 것이 도움이 된다.

그 외에도 유튜브에서 발표한 가장 중요한 요소 두 가지가 있는데 바로 영상 클릭률과 시청 지속시간이다. 내 영상이 왜 노출이 덜되는지 확인할 수 있는 가장 직접적인 피드백이 되기도 한다. 영상 클릭률 또는 노출 클릭률은 내 영상의 썸네일이나 링크가 노출되었을 때 시청자가 그 영상을 클릭해서 시청할 확률을 말한다. 평균 시청 지속시간의 길이가 길면 길수록 영상이 노출될 가능성이 높다. 이렇기 때문에 썸네일과 영상 제목이 알고리즘에 미치는 영향은 크다.

인생도 알고리즘이 있는 것 같다. 어떤 생각으로 살아가느냐에 따라 연결고리가 꼬리에 꼬리를 물고 이어진다. 그동안 살아온 결과를 보니 그렇다. 되돌아보니 어둡고 긴 터널을 걷고 있는 내 모습이 보인다.

너와 나 사이엔 길이 하나 놓여 있다.
쉽사리 좁힐 수 없는 평행의 선과 선들
빈 하늘 한 쪽을 물고 별똥별 떨어진다.

주저 없이 집어 든 십이만 원 너의 머리핀에
주머니 속 내 토큰들이 갈 길 몰라 요동쳤다
늦가을 텅 빈 들판 위, 휘파람 획을 긋는.

다 그런 거야 유혹의 열매는 달고 풍성하지.
하지만 때로 손 저으며 나는 아니라고
거부한 완강한 가슴도 우리에겐 소중하지.

한때 절절한 것도 물처럼 흘러가서
고요히 우는 꽃잎, 향기 되어 남는 것인가
수목은 알몸을 앓으며 겨울로 가고 있다.

나는 삼십 대 후반쯤, 잠시 시문학에 빠진 적이 있었다. 이 시는, 동생을 따라 백화점에 갔을 때 내가 느꼈던 초라한 감정이 표출된 시이다. 대상을 받았으면 앞으로 더욱 전진하라는 격려인데, 아이러니하게도 난 이 상을 받고서 시에 대한 관심을 끊어버렸다. 쓰는 작품의 색깔마다 하나같이 어둡고 칙칙하게 묘사되고, 신세타령만 나오는 것 같아서 숨어버리고 싶었다.

그 당시 어렵사리 명맥만 이어오던 결혼생활이 끝이 나는 시점이었다. 천호동에 전세 내준 아파트와 광주에 내려가 살고 있던 아파트는 모두 경매로 넘어갔다. 그가 내 손에 남겨준 건 3억5천의 빚뿐이었다. 그러다 보니 나의 시들이 어두울 수밖에 없었다.

나름 고뇌에 찬 결정이었지만, 시를 놓아버린 건 지금 생각하니 어리석었다. 뱃머리를 돌리면 그것으로 끝이다. 목적지에 도달하려면 좌충우돌 엉망진창일지라도 계속 가야 한다. 다만 오래 걸릴 뿐 언젠가는 반드시 도달할 것이므로.

이제라도 내 인생의 알고리즘 방향을 바꿀 것이다. 희망과 성공의 결과가 꼬리에 꼬리를 물도록 말이다. 그러니 내 인생의 후반전은 '브라보 마이 라이프'이다.

선처를 호소합니다. 무지함으로 인해 본의 아니게 저작권을
위반하게 되었음을 뒤늦게 알게 되었습니다. 넓으신 아량을
베푸셔서 부디 선처하여 주십시오.

작년 10월에 저작권 협회를 뻔질나게 들락거렸다. 사색이 되다시
피 했다. 그야말로 마른하늘에 날벼락이 아닐 수 없었다.

구독자도 없고, 보는 사람도 없었다. 영향력이라고는 1도 없는 채
널이었다. 수익이 있을 리도 없었다. 도대체 무엇이 문제란 말인가.
나는 그저 천진무구하게 영상을 만들었을 뿐인데 말이다. 얼마나
화들짝 놀랐던지. 간이 된통 쪼그라들었다. 저작권 신고까지 당하
고 나니, 어리바리 하던 정신이 번쩍 차려졌다.

"내가 진짜 유튜버인 거야?"
"그렇구나, 이거 장난 아니구나."

저작권 협회에 싹싹 빌어서 50만 원의 합의금을 내고 겨우 마무리 지어졌다. 이 합의 내용을 절대 발설하지 않겠다는 각서까지 쓰고서. 발설할 경우, 형사책임 운운하며 쪼그라든 간을 더욱 쪼그라들게 만들었다.

알고 보니 저작권이란 것이 참으로 어마무시 했다. 풋내기 유튜버라고 봐주는 법도 없었다. 다른 유튜버가 하길래 나도 하면 되는 줄 알았다. '그대로 벤치마킹했을 뿐인데 나한테만 왜 그러는 거지?' 억울한 마음이 들었지만 어쩔 도리가 없었다. 내가 모르는 사이에 유명 작가의 수필 한 편을 낭독한 죄명이 씌워져 있었다. 출판사나 저자의 동의를 구하지 않았기 때문이었다.

"그 정도로 끝난 것도 다행이야."
"저작권침해가 문제가 되면 채널이 한순간에 닫힐 수도 있다는 걸!"
한번 뜨거운 맛을 보고 나니, 저작권이 무서웠다.

도대체 저작권이 뭐길래.
저작권(Copyright)이란, 내가 창작물을 만든 그 순간부터 자동으로 가질 수 있는 권한이다. 그림을 그린다거나 노래를 만든다거나 책을 쓴다거나 등등 내가 뭔가 창작물을 만들었다면 그건 내 것이라고 주장할 권리라는 것이다. 오직 저작권자만이 저작물을 사용할 수 있는 권한이 있다. 다른 사람이 사용하고 싶다면 주인인 창작자의 허락을 받아야 한다. 그럼, 유튜브에 내가 돈 주고 산 음악이나 영화는 써도 될까? 글쎄, 나 혼자 감상하는 건 괜찮지만 불특정 다수에게 보여주는 경우엔 저작권침해에 해당한다고 한다. 비영리, 공익적 목적이어도 마찬가지이다. 저작권자의 허락을 받지 않고 콘텐츠를 올린다거나, 무분별하게 복제 또는, 전달을 할 경우 법적 제재를 받는 건 물론이고 잘못하면 유튜브 채널이 순식간에 삭제될 수도 있다는 것이다.

그러니 다른 용도로 사용하려면 상업용 라이센스를 받아야 된다고 한다. 콘서트나 스포츠 경기를 촬영해서 유튜브에 올리는 경우도 저작권침해에 해당 된다고 한다. 내 영상을 풍성하게 만들고 싶어서 폰트, 배경음악, 사진 등을 사용하려 해도 아무거나 마구 가져다 쓸 수는 없다는 것이다. 이쯤 되면 뭘 찍어 올려야 될까? 머리가 지끈거린다. 수익을 냈느냐 안 냈느냐의 여부와도 상관없단다. 그저 개인 감상용인지 아닌지에 따라 저작권의 영향을 받는다고 한다.

어쨌거나 유튜브를 운영하려면 이 저작권이라는 걸 철저하게 연구는 좀 해야 될 것 같다. 유튜버는 그 저작물을 만든 저작권자에게 허락을 받고 사용하든지, 저작권 문제가 없는 에셋(음악 등을 가져올 수 있는 스토어)을 사용하든지, 아니면 내가 직접 제작을 하든지 선택해야 할 것 같다. 저작권을 보호받을 수 있는 저작물이란 '인간의 사상 또는 감정을 표현한 창작물'이어야 저작권법으로 보호받을 수 있다고 한다.

국내 저작권법에서 보호하는 저작물의 종류를 보자면,

1. 소설, 시, 논문, 강연, 연설, 각본 그 밖의 어문저작물
2. 음악저작물
3. 연극 및 무용, 무언극 그 밖의 연극저작물
4. 회화, 서예, 조각, 판화, 공예, 응용미술저작물 그 밖의 미술저작물
5. 건축물, 건축을 위한 모형 및 설계도서 그 밖의 건축저작물
6. 사진저작물(이와 유사한 방법으로 제작된 것을 포함한다)
7. 영상저작물
8. 지도, 도표, 설계도, 약도, 모형 그 밖의 도형 저작물
9. 컴퓨터프로그램 저작물 등이 있다.

유튜브에서 저작권 소유자를 밝힌다고 해서 소유자의 콘텐츠를 그냥 사용할 수는 없다는 것을 명심해야 한다. 직접 연주해서 사용하거나, 하물며 카페 같은 데서 흘러나오는 음악이 영상에 우연히 삽입된 경우에도 저작권 위반으로 경고를 먹는다. 저작권 위반 경

고를 3번 받을 경우, 계정 및 계정과 연결된 모든 채널이 해지될 수 있다고 한다. 또, 계정에 업로드 된 모든 동영상이 삭제될 수 있고, 새 채널을 만들 수 없다고 한다. 저작권 위반 경고는 90일 후에 소멸한다고 하니 기다리는 방법도 있겠다.

내 영상 중에 라디오를 켜 논 채 영상을 촬영한 게 있었다. 평소 음악방송을 들으며 운전하는 습관 때문이었는데 노래가 자연스레 삽입된 게 듣기 좋아 그대로 두었다. 그러나 그건 낭만적인 착각! 국내가요 하나, 팝송 하나, 정말 귀신같이 알고 경고장을 보내왔다.

저작권법이 무섭긴 하지만 알고 대처를 하면 걱정하지 않아도 된다. 월정액을 내면 에셋을 무제한으로 사용 가능한 서비스도 많이 있다. 그리고 저작권 걱정 없는 무료 콘텐츠 사이트도 있다고 하니, 이를 적극 활용해 보는 것도 좋은 방법이겠다.

08 스마트폰으로 촬영하고 편집 업로드까지 :

내 손안에 있는 스마트폰 하나로 모든 게 가능한 시대에 살고 있다니, 그저 놀라울 뿐이다. 기계치인 나는 조금만 복잡해도 머리 쓰기를 싫어했다. 디지털 카메라를 가방 속에서 꺼내지도 않고 처박아 둬 곰팡이가 날 정도였다. 사진을 찍으면 컴퓨터에 연결해서 써야 하는 어렵고 불편함을 못 견뎌 하는 게으름 때문이다. 5년 전쯤에 영상 편집을 배우다 만 것도 이런 복잡한 과정이 문제였던 것 같다. 캠코더로 촬영한 걸 컴퓨터로 연결해서 무비 메이커란 편집 프로그램을 사용했는데 어렵다는 생각만 들었다.

그런 모든 복잡함을 한 방에 날려버린 스마트폰이 사랑스럽다. 유튜브는 스마트폰만 있으면 쉽게 시작할 수 있다. 스마트폰 하나로 사진을 촬영하고 편집을 해서 올리기까지 다 가능하다. 물론 채널이 크고 영향력 있는 유튜버라면 품질 좋은 카메라를 사용할 것이다. 프리미어나 에펙, 무비 메이커 등 많은 편집 프로그램들 중에서 선택할 것이다. 하지만 처음 시작하는 초보 유튜버가 부담 없이 접근하기로는 스마트폰이 가장 좋은 것 같다. 촬영 장비나 편집 툴에 짓눌리면 영상 만드는 게 더뎌질 수 있기 때문이다.

비타앱, 블로앱, 키네마스터앱 등 다양한 편집앱이 있는데 그 중에 마음에 드는 걸 골라 스마트폰에 다운받아서 사용하면 된다. 나는 키네마스터앱를 이용한다. 스마트폰으로 언제 어디서든 내가 촬영해 놨던 영상을 불러와서 편집할 수 있다. 바쁠 땐 버스 기다리는 정류장에서도, 전철 안에서도, 심지어 화장실에 앉아서도 편집앱을 들여다봤다. 자투리 시간을 활용할 수 있고 움직이면서도 잠깐잠깐 편집도 하고, 즉시 업로드까지 할 수 있으니 스마트폰만 있으면 뭐든지 가능하다.

내가 가지고 있는 폰으로 다 가능하니 따로 드는 비용도 없어서 좋다. 마이크나 조명 같은 장비가 구비 되어 있으면 더 좋기도 하겠지만 굳이 무리할 필요는 없지 않은가. 처음엔 스마트폰으로 하다가 유튜브가 적성에 맞고 채널이 크게 성장했을 때 모든 시스템을 갖춰도 될 것 같다. 100만 구독자의 유튜버 '신사임당'도 휴대폰 카메라로 촬영해서 편집하고 있다고 했다. 그 이유를 '유튜브 방송은 대부분 휴대폰으로 시청하기 때문에 고화질의 영상이 큰 의미가 없다. 기본적인 화질로도 시청자들의 눈길을 끌기에 충분하고, 요즘은 휴대폰 카메라도 화질이 상당히 뛰어나다.'는 점을 들었다. 신사임당처럼 국내외로 상당히 대형 채널인데도 불구하고 여전히 스마트폰 하나로만 촬영하는 유튜버들이 많다.

스마트폰으로 촬영할 경우 화면을 가로로 두고 촬영하는 게 좋다. 유튜브에 적합한 16:9 화면이기 때문이다. 편집을 해서 완성된 영상은 폰에서 바로 유튜브로 업로드 하면 된다. 영상을 업로드 할 때는 일단 비공개로 올려놓고 썸네일과 필요한 수정작업을 거친 후 공개로 전환 시키는 것이 좋다. 썸네일은 영상의 표지를 의미하며, 미리 보기 이미지 같은 거다. 수많은 영상들 사이에서 내 영상이 한눈에 딱 들어오기 위해서는 글씨를 선명하게 하는 게 좋다.

그동안 맨날 남의 자료 다운로드할 줄만 알았는데, 나도 드디어 업로드라는 걸 시도하게 되니 좋았다. 유튜브에 내가 가지고 있는 경험들을 영상에 담아 올린다는 것만으로 무척 설레는 일이었다. 이제는 시청자의 입장이 아니라 콘텐츠를 제작하는 크리에이터의 시선으로 세상을 바라보는 게 흐뭇하다.

유튜브 채널을 개설함과 동시에 입주 도우미를 시작했었다. 유튜브도 처음, 도우미도 난생처음이었다.
처음 해보는 일, 모든 게 낯설면서도 재미있었다. 일을 마치고 오가는 중에 틈틈이 찍어 뒀던 영상은 휴식 시간을 이용하여 편집했다. 엉성하기 짝이 없지만 너무도 재미있었다. 보는 사람이 없어도 좋았다. 신나는 놀이가 있으니 어떤 일을 해도 힘들지가 않았다.

사실 처한 상황이 자유롭지는 않을지라도 나에게는 유튜브라는 혼자만의 은밀한 취미 생활이 있었기에 하루하루가 즐거웠다. 어떤 종류의 일을 직업으로 삼든 괜찮았다. 왜냐하면, 유튜브가 내 스스로의 자존감을 높여줬으니까. 유튜브를 하면서 멘탈도 점점 강해진 것 같았다. 가장 고마운 일이다.

chapter 3

좌충우돌 환갑 유튜버

- 유튜브 운영 꿀팁 정리 -

01 내가 할 수 있을까 :

나이를 탓하며 늙었다는 핑계로 도전조차 안 하는 사람이 많다. 사실 안 하기보다 못할 것 같다는 두려움이 가로막아서이기도 할 것이다.

> "우리가 두려워해야만 할 딱 유일한 것은 '두려움' 그 자체일 뿐이다."
>
> The only thing we have to fear is fear itself.
>
> - 프랭클린 루즈벨트

60대 중반인 조여사는 '조여사 전성시대'라는 유튜브 채널을 운영 중이다. 조여사는 남편 사업이 기울고 살기 어려웠을 때 갑상선 암 절제 수술까지 받았다고 한다. 전업주부로 있다가 돈벌이를 하려니 할 수 있는 것도 받아 주는 데도 없었다고 한다. 다행히 마트에서 알바를 하며 생활비를 벌었지만, 그것마저 마트가 장사가 안되자 권고사직을 당했다. 막막한 상황 속에서 외동딸의 권유로 유튜브를 시작했다고 한다. 2018년에 시작해서 2020년 10월, 지금은 20만이 훌쩍 넘는 구독자를 보유하고 있다. 구독자 20만이 넘자 딸도 시니어를 위한 채널을 개설해서 2주 만에 5천여 명을 모으는 기염을 토했다. 하지만 조여사도 처음부터 잘한 건 아니었다.

"미쳤냐? 내가 유튜브를 어떻게 하니? 망신만 당하게……. 못 한다 애."

그렇게 유튜버 조여사는 손사래를 쳤지만, 딸의 끈질긴 설득으로 어쩌다 시작한 것이 대박을 친 것이다. 물론 편집이나 영상 기획은 딸이 담당했기에 성장 속도가 남달랐을 것으로 보인다. 그렇지만 조여사 자신도 몰랐던 내재 되어 있던 '끼'가 아낌없이 방출된 건 사실이지 않은가. '나 같은 게 뭘 할 수 있겠어?'라고 생각했는데, 이렇게 꿈같은 일이 벌어졌다며 웃어보였다.

"이런 나도 해냈습니다. 여러분은 더 잘할 수 있습니다."

유튜브는 정년도 없고 권고사직도 없고 잘하면 용돈도 벌 수 있는 '세상 다시없는 좋은 직업'이라며 조여사는 시니어들을 향하여 열심히 설파 중이다.

나는 올해 60번째 생일을 맞았다. 그런데 〈더 해빙〉이라는 책을 만나는 순간 미래에 펼쳐질 막연한 두려움이 조금은 사라졌다. 저자 이서윤에 의하면 사람이 태어날 때는 어느 누구나 30억 정도의 부의 그릇을 가지고 태어난다고 했다. 그렇게나 많은 부가 내 안에도 있다는 얘긴데 나는 왜 평생 마이너스였을까. 피 터지게 열심히 살지 않아서 그랬을까. 그런데 힘 안 들이고 수월하게 부를 이루며 사는 사람들은 또 얼마나 많은가. 결과적으론 '노력의 효율성 문제'라고 한다. 제대로 된 방법을 알지 못했기 때문에 결과가 판이하게 나뉜다는 것이다.

이 책을 읽으면서 내가 가장 위로받은 부분은, 누구나 해빙을 하면 운을 끌어당겨 성공과 부를 누릴 수 있다는 것이다. 그리고 해빙은 나이에 제한을 두지 않는다는 점이었다.

"너무 늦은 때란 없어요. 해빙이 가져오는 행운은 나이를 가리지 않아요." 이 말에 나의 시들하던 세포가 마법 같은 따스한 손길로 어루만져지는 것 같았다. 희망이 마구마구 샘솟는 듯 했다. 그리고 가장 매력적인 부분은 '토성리턴'이라는 것이었다. 토성리턴이란, 토성이 태양을 한 바퀴 돌고 제자리에 돌아오는 기간을 의미한단다.

"토성리턴은 보통 28~30세와 58~60세, 이렇게 두 번 찾아오죠. 이 시기는 환상과 잘못된 생각에서 깨어나 크게 도약할 수 있는 시기예요. 잘 활용한다면 인생의 퀀텀 점프(계단을 뛰어오르듯 단기간에 비약적으로 성과가 있는 것)가 가능하다는 얘기죠. 이 시기에 해빙(Having)을 통해 내면의 목소리에 집중한다면 그 효과를 극대화할 수 있어요."

저자는 이렇게 토성리턴을 설명했다. 토성리턴을 지날 때는 직업적으로 시련을 겪거나, 몸이 아프거나, 가족 구성원에 문제가 발생하는 등 자신을 힘들게 하는 사건들이 펼쳐질 수 있다고 한다. 나는 지금 딱 그 시기를 겪고 있다. 해빙을 몰랐더라면 '희망을 갖기엔 너무 늦은 나이가 아닐까' 하고 절망만 하고 있었을 것이다. 아홉수라는 게 정말 있는 건가 싶을 정도로 반년 사이에 힘든 일이 덮쳐왔다. 그런데 환갑이 되자 선물처럼 귀인이 나타나서 희망을 선물해주고 있는 느낌이다.

토성리턴의 흐름을 잘 타기 위해서는 먼저 고정관념의 틀을 깨야한다고 한다. 20대라고 할지라도 고정관념에 붙잡혀 있다면 해빙의 효과를 보기 힘들고, 반대로 7~80대라도 고정관념에서 자유롭다면 언제든 해빙을 통해 부자가 될 수 있다는 것이다.

고정관념은 자신의 마음을 들여다보는 렌즈를 흐리게 하는 것이라고 한다. 고개만 돌리면 새로운 문이 열려 있는데도 그것을 보지못 하게 한다는 것이다.

고정관념의 껍질을 과감하게 깨부수려는 의지를 보일 때, 우주의에너지와 만나 운을 최대한 활용할 수 있게 되어 인생을 바꿀 수 있다고 한다. 지금까지 나는 고정관념의 사고방식에 갇혀 살았다. 아깝게도 한 번의 토성리턴을 지나쳐 30년을 흘려보냈다. 허나, 지금이라도 토성리턴의 의미를 깨닫기만 한다면, 껍질을 깨고 날아오를 수 있다는 말을 굳게 믿고 싶다. 해빙을 하기에 결코 늦은 나이는 없다고 하니 다시 한번 세상 살아 볼 맛도 난다.

미국의 경영학자 피터 드러커는 "미래를 예측하는 가장 최선의 방법은 스스로 미래를 만드는 것이다."라고 했다. 자신의 전성기를 66세에서 86세까지라고 말하며, 60세에 무엇인가를 시작해도 90세가 되면 30년 차 전문성이 갖춰질 수 있다는 것이다.

〈꿈이 밥 먹여 준다니까!〉의 저자 양형규 님은 68세이다. "60대는 일을 벌일 시기이지 결코 접을 시기가 아니다."라고 말했다. 반드시 내가 행동해야 꿈이 현실이 된다는 것이다.

나는 30대 중반 늦은 나이에 음악을 전공했다. 그 무렵 남편이 사업을 한다며 고집을 부려 사표를 내고 결국 지방으로 내려갔다. 여자 문제로 이미 남편에 대한 신뢰가 깨져 서로 겉돌기만 하는 결혼 생활을 이어가고 있었다. 나는 어디에도 마음 둘 곳이 없었기에 공부를 택했다. 이왕 지방으로 내려왔으니 결혼 전 하다만 학업도 잇고 싶었다. 처음엔 문헌정보학을 공부했다. 그런데 2학년 무렵 음악대학이 개설 된다는 소식을 들었다. 결혼 전부터 피아노 교습소를 운영했었고, 피아노 전공에 대한 꿈이 있었다. 결혼 초에도 피아노 학과를 염두에 두고 입시 레슨을 받을 정도로 피아노를 좋아했다. 그러니 음악과 소식은 나를 설레게 했다.

3학년부터 음악과에서 들을 수 있는 과목을 모두 신청해서 수강했다. 유명 교수에게 입시 레슨도 받았다. 문헌정보학을 졸업하자마자 이어서 피아노 학과에 3학년으로 학사 편입했다. 드디어 피아노를 전공하게 된 것이다. 너무 가슴이 뛰었다. 그런데 난관이 있었다. 밖에서 선망의 눈으로 바라볼 때와는 달리 안으로 직접 발을 디밀고 보니 전쟁터에 온 기분이었다. 그렇게 아름다운 피아노 선율이 무서운 공포의 소리로 변해버렸다.

한참 훨훨 나는 스무 살 아이들과 견주다 보니 좌절감을 맛볼 수밖에 없었다. 피아노 실기는 점점 겁이 나기만 했다. 무대 경험도 없었기에 연주곡을 다 마치지 못하고 중도에 일어서기도 했다. 공부하는 방법의 문제였다.

가령, 소나타 전 악장을 모두 외워서 연주해야 하는 게 나에겐 공포였지만, 젊은 애들에겐 별문제도 아니었던 것이다. 내가 한 달이나 걸려서 겨우 외우면, 그들은 며칠 만에 암보(악보를 외워 기억함)를 해버리는 식이었다. 나중에서야 알았다. 그들은 한 소절씩 끊어서 연습을 했다. 반면 나는 미련스럽게 곡을 통째로 한 번에 외우려고 했다. 그러다 보니 곡의 디테일한 표현력도 약할 수밖에 없었다. 그들은 한 마디를 달달 외울 때까지 연습하고 완성 시킨 후 다음 마디를 이어갔다. 그런 다음 한 프레이즈(악절을 이루는 한 부분으로, 음악 주제가 비교적 완성된 두 소절에서 네 소절 정도까지의 부분.)를 완성하고 이어 한 악장을 완성 시켰다. 이런 식으로 연습하는 훈련을 하면, 무대에서 연주 도중 깜박 잊어버렸을 경우 한 마디쯤 건너뛰고 바로 이어 붙일 수 있는 순발력이 생기게 된다. 나의 연습 방법은 중간에 잊어버릴 경우, 다음으로 연결되질 않아 머릿속이 하얘졌다. 미완성이라는 걸 누구보다 나 자신이 잘 아니 자신감도 없었다. 당연히 무대 공포증이 따라왔고, 건반 위에서 손가락은 바들바들 떨렸다. 다시는 떠올리고 싶지 않은 악몽으로 남았다.

제대로 된 방법을 안다는 게 얼마나 중요한지를 왜 그때는 몰랐을까. 인생에서도 그 방법이 그대로 적용되는 것 같다. 살아보니, 한 번도 제대로 완성 시켜 성공으로 이어 본 게 없는 것 같아 자괴감이 들기도 하지만, 지금이라도 제대로 된 방법을 찾아서 뭐든지 도전하기로 마음먹었다.

나도 유튜버가 될 수 있을까, 가는 길이 어렵진 않을까 생각이 들었지만 가볼 것이다. 이젠 마음의 근력이 단단해져 두려움을 물리칠 수 있으니까. 지금 가장 중요한 건 유튜브를 하겠다는 용기일 것이다.

나도 유튜버가 되어 제2의 인생을 새롭게 변화시켜야겠다는 생각이 들었다. 시작이 반이라고 하지 않던가. 스마트폰 하나 들고 재미 삼아 하다 보면 뜻밖의 재능을 발견할 수도 있을 것이다. 조여사처럼 의외의 전성시대를 맞이할지도 모를 일이다. 인생은 포기하지 않으면 어떤 흥미진진한 잔치가 펼쳐질지 모르니 재밌지 않은가. 어쨌든 유튜브를 하니 일상이 지루할 틈이 없다. 주변이 호기심 천국이다. 재미있고 신난다. 무언가 창조적인 생각을 하며 새로운 도전을 할 수 있다는 것에 막 흥분이 된다.

02 막례쓰처럼 막 시작하지 뭐 :

유튜버에 대해 말할 때 박막례 씨를 빼놓고는 이야기하기가 어려울 것 같다. 앞에서도 잠깐 소개했지만 좀 더 자세히 이야기하고자 한다. 그는 유튜브로 인생이 부침개 뒤집듯 뒤집혀 버렸다. 바로 대박인생이 되었다. 내 인생도 확 뒤집힐 수 있다면 좋겠다. 어떻게 그리 쉽게 인생이 뒤바뀔 수 있을까. 동화 속에 나오는 이야기가 아니라 현실 속 이야기이다.

7남매 중 막내로 태어나 이름도 '막례'인 박막례 씨. 71세에 유튜브를 시작해서 73세가 된 지금은 130만 명이 넘는 구독자를 보유하고 있다. 오랫동안 식당을 하며 부침개의 달인이 되더니, 유튜브에서도 달인이 되어 한 판 멋지게 뒤집어 버렸다.

박막례 씨는 혼자서 2남 1녀를 키워냈다고 한다. 50여 년을 과일 장사부터 가사 도우미, 공사장 백반집 등 안 해본 일이 없을 정도라고 한다. 식당을 차려 자리 잡고 일하던 중, 2016년 의사로부터 "치매를 주의 하라."는 소견을 들었다. 가족력이 있어 걱정이 된 손녀딸이 치매 예방을 목적으로 영상 촬영을 제안했다고 한다. 유튜브를 시작하자마자 폭발적인 인기를 누리는 행운을 맞았다. 급기야 유튜브 CEO 수전 워치츠키(수잔 보이치키)를 만났고, 구글의 초청을 받는 등 더 이상 부러울 것 없는 최고의 전성기를 보내고 있는 것이다. 2019년 〈박막례, 이대로 죽을 순 없다〉를 출간하더니, 연이어 2020년인 올해 또 〈박막례시피〉를 내놓았다. 인생 2막을 이렇게 멋지게 살 수가 있을까 싶다.

27세 조카에게 박막례 할머니를 좋아하는 이유를 물었다.

"케미가 있고 웃음을 줘요. 우리 할머니가 오버랩 되고요. 힘든 일상의 피로감을 잠시 떨치게 해줘서 좋아요."

조카 녀석은 박막례 유튜버와 정서적 공감대를 이루고 있었다. 나는 좀 의외였다. 하지만 젊은 세대에게 인기 있는 이유를 조금은 알 것 같다. 박막례 씨의 유튜브 채널인 「Korea Grandma」의 인기 비결은 의외성과 세대 공감 능력으로 보인다.

이렇듯 전 세대를 아우르는 소통창구로 유튜브가 확실히 대세이다. 어린이부터 고령층까지 세대의 경계를 넘나들며 유튜브를 통해 사람들을 만난다. 요즘 먹방 유튜브에서 가장 핫한 인기를 끌고 있는 유튜버가 예상외다. 용인 시골집에서 손녀딸이 기획하고 영상 촬영 등을 도맡아 하는 건 박막례 씨와 같은 공통점이 있다. 웃는 모습이 해맑고 음식을 즐겁게 먹으며 행복해하는 모습이 귀여운 할머니 유튜버.

시골 마당에서 자신이 만든 음식을 맛있게 시식하는 할머니. 82세의 김영원 씨다. 영원 씨의 '01seeTV'도 33만 명이 넘는 구독자를 보유하고 있다. 역시 손녀딸의 권유로 어쩌다 시작했다고 한다. 알게 모르게 은근히 실버 세대가 뜨고 있다. 젊은 세대들의 반응도 놀랍도록 뜨겁다.

"할머님이라는 말도 좋지만 영원 씨라고 불러드리고 싶은데 너무 버릇없으려나요? 영상 볼 때면 저희 할머니 생각도 나고 잔잔하니 힐링 되어요!"

"할머니 영상 보면서 돌아가신 할아버지와 시골에 계신 할머니가 생각나요. 후회하지 않을 정도로 충분히 잘해드리고 있지만, 더 잘해드리고 싶은 마음이고 이렇게 할머님께서 식사하시는 거 보면서 많이 뭉클해지고 또 행복해지네요."

"보고 있으면 너무 맘이 편해져요. 잘 때 틀어놓고 눈 감고 있으면, 시골 외할머니 댁에 온 거 같은 ASMR이네요."

"할머니 나도 밥 줘요!"

김영원 씨의 유튜브 '김치두루치기영상'에서 보인 젊은이들의 댓글이다.

젊은이들에게 할머니들의 캐릭터가 인기를 끄는 이유는 무엇일까. 박막례 씨를 비롯하여 김영원 씨 같은 시니어 유튜버에게서 공통된 특색을 발견할 수 있다. 노인들의 고루하고 칙칙한 모습을 보이기보단, 젊은 세대의 문화를 따라 하려는 노력이 공감을 이끌어내는 건 아닐까라는 생각이 든다. 각박한 현실에서 느껴지는 불안감을 떨칠 수 있게 해주는 따스함을 원하는지도 모르겠다. 권위를 싫어하는 젊은이들에게 귀여움을 주는 할머니들의 캐릭터가 딱 맞아떨어지는 것 같다.

김영원 씨의 '01seeTV'를 보면 특별히 세련되지도 퀄리티가 높지도 않은 영상이지만, 2030 젊은 층에서는 할머니의 정을 그리워하며 열광하고 있다. 그러고 보면 노년층이 유튜브에 도전해볼 콘텐츠는 참 많은 것 같다. 편안하게 일상을 올리는 영상도 인기를 끌 수 있다는 건 중장년 이상의 유튜버들에겐 유튜브를 쉽게 접근할 수 있는 팁인 것 같다. 얼마나 희망적인가.

할머니를 순식간에 스타로 만드는 손녀딸이 있다는 건 참으로 행운이다. 부럽다. 이런 분위기가 더 확산 되었으면 좋겠다는 생각도 해본다. 평소 등한시했던 할머니, 할아버지를 각별히 챙길 수 있는 기회가 되었으면 한다. 유튜브로 인해 '효' 문화가 되살아나는 것 같아서 좋다.

나는 딸도 손녀도 없다. 그러니 기획에서부터 촬영하고 편집해서 업로드하기까지 스스로 해결해야 한다. 혼자 만능이 되어야 한다. 다행인 건 영상 개수가 늘어날 때마다 성취감이 느껴진다는 것이다. 사실 채널 성장 속도는 느린 거북이 걸음이다. 하지만 느리면 느린 대로 멈추지 않고 간다면 내 앞에 또 다른 길이 펼쳐질 것이다. 구독자가 많이 없을지라도 그냥 묵묵히 걸어가 볼 것이다. 나만의 속도로 내 길을 가보려 한다. 내 배짱이 언제 이리 늘었을까.

03 외로운 인생길 친구가 생기다 :

나는 내성적이고 소심한 편이다. 먼저 다가가는 걸 잘 못 한다. 그저 상대가 나에게 와주기를 기다린다. 스스럼없이 말을 걸고 분위기를 이끌어가는 사람이 가장 부러웠다. 성격이 화통하질 못하고 상처받길 잘하니 터놓고 지낼만한 절친도 없다. 나에게도 흉허물없이 아무 얘기나 막 해도 좋은 그런 친구가 있긴 있었다. 중고등학교 때부터 친구였으니 일거수일투족, 시시콜콜한 사연까지 모르는 게 없는 사이였다.

언제든 내려가도 반갑게 맞이해주었고, 하루라도 전화를 안 하고 넘어가는 일이 없었다. 그 친구가 연락을 끊어버린 지도 10년이 훌쩍 넘은 것 같다. 수신 거부를 당할 만큼 뭘 잘못했는지를 몰랐다. 지금에서야 이기적인 나의 모습이 보이는 것 같다. 대부분 그 친구가 베푸는 입장이었다. 게다가 툭하면 돈을 빌려 달라 해서 귀찮게 했다. 큰돈은 아니었고 약속한 날에 돌려주었지만, 얼마나 성가셨을까 싶다. 내가 유일하게 거리낌 없이 돈을 빌릴 수 있었던 그 친구와 절교한 후로 다시는 누구에게 돈을 빌리는 일은 없었다. 차라리 카드 대출을 받을지언정.

"니가 이러고 살 줄 몰랐다. 읍내에서 자취할 때 너네 집에 놀러 가면, 교감 선생님 딸인 너가 얼마나 부러웠는지 아니?"

연대보증까지 떠안고 혼자가 되었을 때, 지점장 부인으로 남부러울 것 없이 사는 친구에게서 들었던 말이 참 아프게 비수로 꽂히던 그 날이 잊히지 않는다.

관계가 소원해진 데는 툴툴 털지를 못하고 꽁하는 성격인 나에게도 문제가 있었던 것 같다. 언제나 내 곁에 있어 줄줄 알았고, 친구가 잘해주는 게 당연한 줄로 착각했던 내가 참 어리석고 밉다. 언젠가 만날 기회가 된다면 고마움을 꼭 되갚고 싶다. 손잡고 노년의 여정 "같이 걸어가 보자"라고 말하고 싶다.

건강하고 행복한 노후를 보내기 위해선 좋은 친구가 꼭 필요하다고 한다. 100세 시대를 함께 걸어갈 친구가 있다면 다가올 늙음 따위 두렵지 않을 것이다. 어떤 친구가 좋은 친구일까. 나에겐 그런 친구가 왜 없는 걸까. 편협한 관계에서 벗어나야겠다는 생각이 든다. 꼭 같이 자란 동기동창만이 진정한 친구일까. 내가 먼저 마음을 열면 주변이 모두 친구다.

"언니 점심 같이 먹어요."

"지난주에는 팥죽 먹었으니깐 오늘은 삼계탕 먹을까?"

우리는 어느새 '언니 동생'하며 친한 사이가 되었다. 나의 성격이 세월이 흘러서인지 많이 달라졌다. 유튜브 동영상 강사인 김형숙 씨를 알게 된 지는 6개월 정도 되었다. 형숙씨가 운영하는 '십시일강' 오픈채팅방에 초대해준 주미덕 작가 덕분이었다.

내가 오픈채팅 방에 공지된 강의를 신청하면서 형숙씨와 나의 인연이 시작된 계기가 되었다.

"줌 강의 교재 보내드리려고요. 주소 좀 알려 주세요."

"네, 답십리 ○○입니다."

"어머, 제 사무실이 그쪽인데요. 그럼 만나서 드리지요."

"세상에, 이렇게 가까운 곳에 있는 것도 인연인데 우리 식사 한번 해요."

그렇게 해서 거의 매주 한 번꼴로 밥을 먹었다. 식당에서도 먹고, 공원에서 김밥도 먹었다. 속정 깊고 붙임성까지 좋은 형숙 씨는 나를 언니라 부르며 거리감을 없앴다. 내가 시간이 안 맞아 점심을 못 먹게 되자 얼굴 잠깐 보자며 퇴근 시간에 전화를 했다. 10여 분의 짧은 만남이지만, 시골에서 가져왔다며 삶은 밤이나 버섯, 건강식품을 손에 쥐어 주고 가곤 했다. 우리는 만나면 뭘 서로 챙겨주느라 바쁜 편한 언니, 동생사이가 되었다.

강사와 수강생으로 만나 친구가 될 만큼 나도 넉살이 꽤나 좋아졌다. 나는 이제 친구의 범위를 굳이 같은 또래의 나이로 한정하고 싶지는 않다. 띠동갑이라 할지라도 서로 배울 점이 있고 마음이 통하면 친구가 될 수 있는 것이다. 유튜브 구독자 중에 대구에 사는 70대 유튜버가 있다. 자녀 둘이 결혼을 하자 혼자 있는 시간을 의미 있게 보내고 싶어 유튜브를 시작했다고 한다. '실버TV'라는 채널을 운영하고 있다. 서로 격려해주며 가는 길이 참 좋다

"실버언니 만나러 놀러 가고 싶어요."
"다꿈아우님, 언제든 놀러 오셔요. 이 형님이 인생 경험 이야기 많이 해줄게요."

유튜브를 하니 세상이 점점 신기하고 재미있어진다. 10월 셋째 주 일요일, 유튜브에서 만난 인연을 만나러 남양주 별내에 갔다. 지난 8월, '단희TV'에서 진행한 이벤트에 당첨되었는데, 마무리를 하러 간 것이다. '5, 60대 여성의 변신은 무죄'라는 타이틀로, 머리부터 발끝까지 스타일 변신시켜주는 이벤트였다. 행사 담당자인 '팔방미인제이' 유튜버는 별내에 사무실 겸 영상 제작하는 스튜디오를 두고 있었다. 일요일인데도 약속을 지키느라 서울에서 별내로 출근했다.

팔방미인제이 님은 수익을 창출할 목적으로 유튜브를 하고 있는

건 아니라고 했다. 돈은 벌 만큼 벌었다고 한다. 동대문에서 도매와 소매로 새벽시장 장사를 하며 열심히 살아온 자신을 뒤돌아보고, 자신만의 시간을 갖는 것. 남에게 이로움을 줌으로써 자신 또한 힐링의 시간이 되는 걸 꿈꾸고 있었다. 팔방미인제이 님은 자신이 잘하는 것을 사람들에게 나누어 주고 싶어 했다. 의류 사업을 해오며 몸에 밴 코디법을 알려 줘야겠다고 생각했다는 것이다. 결혼해서 지금까지 시부모님을 모시고 살면서, 1남 1녀를 잘 키워낸 좋은 며느리이자 멋진 엄마이기도 했다. 어떻게 그렇게 많은 일을 모두 완벽하게 해낼 수 있을까. 가까이서 보니 절로 감탄이 나왔다. 그녀의 유튜브 채널명처럼 팔방미인 그 자체였다. 얼굴에서 후광이 느껴졌다.

"5060 주부들의 지갑을 가볍게, 아주 저렴한 비용으로 머리부터 발끝까지 힘 안 들이고도 꾸밀 수 있는 법을 알려주고 싶어요."라고 말하는 목소리가 다정하다.

'단희TV'의 단희쌤도 자신의 노하우를 알려주고 싶어 했다. 베풀면서 살려는 선한 영향력이 닮아있는 두 사람이라 생각되었다.

친화력이 대단한 팔방미인제이 님은 나를 보자마자 언니라고 불렀다.

"다꿈정별 언니 파이팅, 웃어야 웃을 일이 생기는 것 같아요. 미소가 아름다운 언니는 항상 미소 짓는 얼굴로 꽃길만 걸으시기를 곁에서 항상 응원할게요. 축복합니다."

"변신한 모습으로 앞으론 당당하게 살아가셔요."

유튜브는 나에게 또 한 사람의 친구를 보내주었다. 너무도 예쁜 동생을 얻은 것이다. 내게 다시없을 좋은 환갑 선물을 준 두 사람이 참 고맙다. 코디했던 의상과 액세서리도 몽땅 그대로 가지고 왔다. 환갑을 축하해주듯 물심양면으로 특별한 선물을 받은 것이다. 그래서 더 의미를 부여하고 싶다. 새로운 모습의 나를 만나고 오는 발걸음이 하늘로 날아오를 듯 경쾌했다. 쾌청한 가을 하늘도 한껏 축하해주는 것 같았다.

오늘도 유튜브가 외로운 나의 인생길에 친구가 되어주고 있다. 다양하고 새로운 유튜브 친구들을 만나면서 내 인생은 외롭지 않을 것 같다. 고맙다 유튜브야!

04 행동을 하면 나이가 바뀐다 :

나는 나잇값 하고 싶지 않다. 원하지도 않았는데 갑자기 들이닥친 환갑이라는 나이를 거부하고 있는 것이다. 어릴 때 어른들의 이야기를 듣다 보면, 누구누구가 행동을 잘못해서 나잇값도 못 한다고 흉보는 일이 흔했다. 나잇값이라는 게 뭘까. 뭔지 몰라도 숫자에 값을 부여하는 순간 무기력해지는 기분이 든다. 살면서 나이를 묻는 게 썩 유쾌하지 않았다. 제 숫자를 대는 게 왜 그리 어려운 일인지 모르겠다. 거기다가 상대편들은 항상 나의 원래 나이보다 나를 10년 이상은 아래로 짐작했다. 그러니 그들에게 실망감을 안겨주기가 미안하기도 하고 민망하기도 했다. 그런데 2년 전 엄마가 돌아가신 후로 나는 폭삭 나이 들어버려, 거의 대부분 나를 제 나이로 보았다.

문제는 외모와 정신연령이 일치하지 않는 데 있는 것이다. 마음은 아직 30대인 것 같은 착각이 드는데, 동네병원에서 "어머님, 어디가 아파서 오셨어요?"라고 물으면 무지무지 낯설다. '아니 내가 왜 자기 어머니야?' 들을 때마다 스멀스멀 불편함이 올라온다. 딴에는 최고로 친절하고 사근사근한 표현으로 택한 호칭인 것 같지만 '에이지즘'(나이를 이유로 차별하는 사상이나 태도)의 틀에 가두는 것 같아 저항감이 들었다. 어머님, 아버님이라는 호칭은 어르신이라는 호칭에 근접한 느낌도 든다. 어르신이라는 극존칭을 써가며 은근히 마음속으로는 뒷방 노인네로 여기지 않을지도 의문이다. 아무튼, 나는 예우를 극진히 갖춘 '어머님'이라는 호칭을 사양한다.

〈나는 에이지즘(Ageism)에 반대 한다〉의 저자인 미국의 사회 활동가 애슈턴 애플화이트는 "장수 사회가 되면서 나이의 관념이 뒤바뀌었는데도, 사회는 여전히 과거의 낡은 나이 관념으로 사람들의 행동을 옥죈다."라고 했다.

이렇듯 마음은 아직 젊다고 생각하는 반면, 숫자 나이는 에누리 없이 매해 그 수를 더해가니 계산이 맞을 리 없다. 저항심이 생겨 세월과 타협이 안 되는 것이다.

요즘 취업 성공패키지 훈련과정을 통한 '오픈마켓 실무 과정'을 듣고 있다. 나 말고도 다양한 연령대의 사람들이 모여서 강의를 듣는데 5시간을 꼼짝 않고 앉아 공부를 하려니 힘들었다. 새벽 5시에 일어나 준비하고 나오니 첫날은 적응이 안 되어 졸음이 쏟아졌다. 다행히 이틀날부터는 배우는 즐거움에 빠져 눈이 초롱초롱해졌다. 이해가 안 되는 건 적극적으로 물어 해결해 나갔다. 이십 명의 학생들의 분위기도 좋았다. 수업을 마치고 성격이 싹싹한 부반장과 커피를 마시며 휴식 시간을 가졌다.

"복습을 잘해 와야 헤매지 않아요."

왜 안 해오냐고 묻는 부반장 K에게, 유튜브 하느라 복습할 시간이 없었다고 했다.

"어머 언니 유튜버구나, 그 어려운 걸 어떻게 하세요? 저도 하고 싶긴 한데 엄청 어려워 보이더라구요." 40대 주부인 부반장 k가 의외라는 듯 쳐다보았다.

"그 나이에 못 하는 게 없고 참 대단하시다. 유튜브 하는 법 나도 좀 알려줘요."

첫 시간에 나이를 밝히며 자기소개를 했을 땐 '나이가 제일 많은 사람이구나' 시큰둥한 시선으로 바라보는 것 같더니, 하루 이틀 지나자 "언니 언니~"하며 스스럼없이 편하게 대해주었다.

3, 40대 젊은이들이 "언니랑은 세대 차이 같은 건 전혀 못 느껴요."라고 얘기해줄 때 기분이 아주 만족스럽고 듣기가 좋다.

사실 나이가 들었다고 못 할 것도 없다. 나이를 먹었기 때문에 더 잘 할 수 있는 게 얼마나 많은가. 유튜브도 그렇다. 안 해서 못하는 거지 못해서 안 하는 건 아니라는 얘기다. 누구나 도전할 수 있고 노년에 성공하는 사람이 수두룩하다. 나이든 사람들도 쉽게 도전할 수 있는게 유튜브이다. 성공하기 위해, 돈을 벌기 위해서도 도전해야 하지만 더 중요한 것은 도전하고 실행에 옮기면 나이가 거꾸로 돌아갈 수 있다는 것이다.

젊기 때문에 행동하는 게 아니라 행동을 해야 젊어진다. 확실히, 도전하고 행동하면 나이가 바뀐다.

103세의 김옥라님을 보면 너무 젊어 보여서 놀란다. 70세로 보일 정도다. 우리나라에 걸스카웃을 처음 들여와 정착시킨 김옥라 여사는 자원봉사를 하며 끊임없이 움직인다. 그것이 장수의 비결인 것 같다. 지금도 매일 글을 쓰고 에세이를 출간할 준비를 하신단다. 단순히 나이 들어 장수를 하는 게 아니라, 의미 있는 일을 하며 나이 드는 모습을 보여주는 점이 놀라웠다. 목표를 가지고 실천해 나갈 때 젊음을 선물 받는 게 아닐까 생각한다.

김옥라 여사가 보여주듯 목표를 세우면 희망이 샘솟듯 솟구치고, 언제까지나 젊은이로 살아갈 수 있는 동력을 얻게 되는 것 같다. 물리적 나이는 그저 숫자에 불과할 뿐이라는 걸 굳게 믿을 근거가 된 것 같다. 즉, 마음을 어떻게 먹고 행동에 옮기느냐에 따라 나이도 바꿔놓을 수 있다는 것을 알게 해준다.

"유튜브 그런 걸 왜 한다니?"
"돈도 안 되잖아, 누가 알아주는 것도 아니잖아."

내가 유튜브를 한다고 하니 아는 언니가 한심하다는 듯 쳐다보며
말했다. 나는 속으로 '괜히 말했나'라는 후회가 들었다. 이런 반응이
나올까 봐 그동안 주변에 안 알린 건데, 경솔했다는 생각이 들었다.
'그래, 그냥 모르는 사람끼리 소통하는 게 낫다 나아. 시답잖게
반응한다고 흔들릴 내가 아니지.'

일 년 넘게 비밀로 하다가 친한 후배한테만 넌지시 보여줬다. 피
드백을 부탁하기 위해서였다. 그게 화근 이었나보다. 물어보지도
않고 단톡방에 유튜브 영상을 공개해버린 것이다. 난 너무 당황스
러웠다. 수치감으로 얼굴이 화끈 달아올랐다. 채널이 보여줄 만큼
크지도 않을뿐더러, 고향 사람들에겐 노출하고 싶지 않은 사적인
부분이 있었기 때문이었다. 내심 도우미 일하는 모습을 들키고 싶

지 않은 옹졸한 심리가 숨어 있었던 것 같기도 하다. 채널을 닫아버릴까 며칠을 고민도 했지만 이왕 노출된 걸 되돌릴 수도 없는 노릇이었다. 마음을 다잡기로 했다. 보다 단단해질 필요가 있다는 걸 깨달았다. 살면서 제대로 완성한 게 하나도 없었다. 매사 흐지부지하다 만 건 얼마나 많은가. 이제 모든 건 내 힘으로 딛고 일어서야만 한다는 생각이 들었다.

처음부터 전문가 수준으로 잘 알고 시작한다면 당연히 모든 게 수월하겠지만, 난 전혀 준비되지 않은 상태였다. 내가 유튜브를 해야겠다고 마음먹은 건 2018년 겨울이었다. 단희TV에서 강한 동기부여를 얻고 바로 실행에 옮겼다. 구글 계정을 만들고 유튜브 채널을 시작했다. 핸드폰 하나로 모두 해결할 수 있다니 망설일 이유가 없었다. 지금 생각하니 참 막연한 방법이었다.

좀 더 체계적으로 채널을 구상하고 콘텐츠를 연구할 시간이 필요했다는 걸 지금에 와서 깨달았다. 편집 부분은 유튜브 검색을 통해 해결해 나갔지만, 그 외 주먹구구식으로 만지다 보니 많이 엉성했다. 지금이야 어렵지 않게 유튜브 컨설팅해주는 강사를 만날 수 있지만, 내가 시작할 땐 어디에 물어볼 데도 없었다. 주변에 유튜브 하는 분위기도 아니었다.

얼마 후, 고향 후배에게서 전화가 왔다. 유튜브 잘 보고 있다고 격려를 해줬다. 가족이랑 같이 보다가 딸에게 핀잔도 들었다고 했다.

"나이 드신 분이 어떻게 이렇게 잘 만들지? 아빠는 못 하잖아."
"그래 아빠도 해봐야겠다."

한번 해보고 싶은데 어떻게 하는 거냐고 나에게 물어보았다. 후배가 내 유튜브를 보고 동기부여를 느껴 유튜브를 하고 싶다니 반갑기 그지없었다. 유튜브를 하고 싶다는 생각은 막연히 누구에게나 있지만 가장 중요한 건 콘텐츠이다. 후배에게는 요리라는 콘텐츠가 있었다. 식당을 하고 있으니 자신만의 요리 노하우를 유튜브에 올려보라고 권했다.

후배 딸의 칭찬을 들으니 나도 모르게 어깨가 으쓱 올라갔다. 한편으론 더 신경 써서 영상을 만들어야겠다는 생각도 들었다. 그리고 스마트TV로 가족이 모여앉아 봤다는 말에 깜짝 놀랐다. 화면이 커서 얼굴의 주름, 모공까지 다 보인다는 걸 알고서는 머쓱해졌다. 다른 사람들은 큰 화면으로 본다는 것을 나만 몰랐던 것이다. 안 좋은 시력으로 스마트폰으로만 보기 때문에 내 얼굴이 괜찮게 나오는 것 같았다. 사진을 찍어서 손가락으로 넓혀 보면 줌을 당기듯 가까이 보인다. 그럴 때 땀구멍까지 속속들이 보인다. 요즘 TV는 스마트 기능이 있어서 인터넷을 연결할 수 있고 유튜브도 함께 시청한다고 한다. 그 점을 미처 신경을 못 썼다. 아무리 나이가 들어도 여자는 여자인가 보다. 내 얼굴의 디테일한 단점을 보이기는 싫은 걸 보니. 조명 같은 시스템이 잘 갖춰진 후에 얼굴을 내놓고 썰을 푸는 영상을 기획해 봐야겠다. 그래도 뭐 재미있다. 시행착오를 겪으며 하나하나 알아가는 과정까지도 짜릿하고 행복하다.

06 세상과 소통하는 창구 :

나는 생계부양자 기질이 약했다. 예전에는 사회적인 분위기가 여자는 결혼하면 직장을 관두는 게 예사였고, 회사에서는 기혼녀를 기피하던 시대였다. 게다가 자라면서 엄마에게 듣던 말이 영향을 미치기도 했다.

"저고리는 어떻게 만드는 거야?"
"이런 거 배우면 안 된다. 기술 있으면 고생한다. 시집가서 호강하고 살아야지."

나는 한복 만들고 있는 엄마가 신기하고 좋았다. 한복 짓는 시간은 밖에 안 나가시니 행복했다. 엄마는 내 기분과는 달리 힘들어하셨다. 아버지의 쥐꼬리만 한 월급으로 주변 친척들까지 챙겨가며 살림을 꾸리기엔 역부족이었다. 부업으로 한복을 주문받아서 만드는 일을 하셨다. 그때만 해도 한복 디자이너 개념이 없었던 시절이라 품삯도 싼 데다 떼먹는 사람까지 있었다. 어쨌거나 내가 본 한복

중엔 우리 엄마 한복이 가장 멋진 디자인이었다.

나의 엄마는 여자 맥가이버였다. 털털하고 남성적인 기질에 비해 바느질 솜씨는 놀라웠다. 남녀노소 한복에서부터 뜨개질, 양장 등 전문교육을 받은 것도 아닌데도 못 만드는 게 없었다. 길 가다가도 눈썰미가 좋아 한번 엄마 눈에 스캔 되면 곧바로 같은 디자인의 멋진 옷이 탄생했다. 지금 생각하니 정말 대단한 능력이다. 물론 난 그런 솜씨가 전혀 없었다. 요새 말하는 소위 똥손이다. 평생 돈에 가슴 졸이며 사셨던 엄마는, 본인의 손재주를 평가절하했다. 마치 아무런 능력이 없어야 남편 그늘에서 호강을 누릴 거라는 엄마만의 인생철학 같은 거였다. 그렇게 나의 뇌리에는 '아, 여자가 기술이 있으면 일하느라 고생만 하는구나'라는 고정관념이 자리 잡았다.

결혼해서는, "여자는 남편 내조 잘하고 현모양처로 살아야 돼. 돈 벌면서 사는 여자 인생은 팔자가 센 거야. 남자가 오죽 못났으면 여자를 돈 벌러 밖으로 내보내나."라는 소리에 세뇌당한 탓일까. 빚만 안고 혼자되어 생활고에 시달리면서도 악착같이 돈을 벌어야겠다는 의지가 박약했다. 물론 아이가 있었다면 당연히 팔 걷어붙이고 악바리 아줌마로 변했을지도 모르겠지만.

시대가 변했다. 손재주나 기술이 있을수록 좋은 시대다. 자신만 알고 있던 것을 유튜브에 올려 공유했을 뿐인데 놀라운 시너지 효과를 보는 경우가 차고 넘치게 많다. 동네를 넘어, 나라를 넘어 전세계에 알리며 승승장구 날릴 수도 있게 된 것이다.

인구가 1,800여 명인 미국 해밀턴 마을에 사는 62세의 제니 도안은 바느질로 온 마을을 먹여 살릴 정도라고 한다. 퀼트 영상을 유튜브에 올린 덕분이었다. 광산 마을이었던 해밀턴은 석탄 수요가 줄면서 미주리에서 가장 가난한 마을이 되었지만, 지금은 세계 각지에서 매달 8,000여 명의 관광객이 찾는 풍요로운 마을로 변신했다고 한다. 캘리포니아에 살던 주부 제니 도안은 남편 월급만으론 7명의 자녀를 키울 수 없어서, 1995년 물가가 가장 싼 해밀턴을 찾아 이사했다. 새로운 환경에서 외로움을 달래려 퀼트를 시작했다고 한다. 퀼트는 천 조각을 이어 붙여 손바느질과 재봉틀로 이불, 양탄자 등을 만드는 것이다.

판로를 고민하다 아들과 딸의 도움을 받아서 퀼트 교습 영상을 유튜브에 올렸다고 한다. 얼마 안가 제니 도안은 유튜브 스타가 되었고, 구독자 69만 4천 명을 보유하고 있다. 영상을 하나 올릴 때마다 도안과 원단 조각이 팔리면서 사업도 승승장구했다. 사업이 커지면서 아들, 며느리, 손자, 사위 가족, 아들 친구까지 총동원됐다. 2013년부터는 퀼트 팬들이 제니를 보기 위해 마을을 찾아오기 시작했고, 관광객들이 수백 달러씩 돈을 쓰면서 마을은 활기를 되찾기 시작했다. 제니는 마을의 낡은 상점을 사들여 12개 매장을 냈다.

매장들은 전 세계 퀼트 팬들에게 성지 같은 곳이 되어 방문이 이어지고 있다고 한다. 제니는 거기에 그치지 않고 관광객들을 위해 3개의 레스토랑을 열고, 여성들이 숙식을 하며 퀼트 작업을 하는 2개의 휴양소도 세웠다. 부인들을 따라온 남편들을 위해 당구대와 대형 평면TV가 있는 남성 휴게소도 만들었다. 이렇게 해서 리모델링한 마을 건물만 총 26채라고 한다. 더욱이 1,800여 명 주민 가운데 제니와 일하는 주민이 450명이라고 한다. 마을의 최대 고용주가 된 것이다. 가난에 허덕이던 작은 마을을 '퀼트계의 디즈니랜드'로 만들어 놓은 건 퀼트를 유튜브에 올렸기 때문이다.

나 역시 남은 인생을 유튜브에서 놀아볼까 한다. 제니 도안처럼 특별한 손재주가 있는 건 아니지만 찾아보면 나만의 장점이 있을지도 모른다. 그동안 인풋에만 매달리며 살았지만, 이제부턴 뭐가 됐든 아웃풋에 집중해보려 한다. 무언가 창조적인 생각을 하며 새로운 도전을 할 수 있다는 것은 흥분되는 일이다. 오늘날까지 살아오면서 도대체 내놓을 만한 것이 없는 인생이지만 아직 다 끝난 것은 아니니까.

음악을 전공했어도 학원 운영으로 돈을 벌지도 못했고, 시를 공부 했지만 지속적인 활동을 하지 않아 시집 출간도 못내 봤다. 흥미를 끌면 이것저것 하고 싶은 건 다 해본 것 같은데 돈이나 성공으로 이끌지는 못했다.

나를 모르는 사람이 "당신은 누구인가요?"라는 자기소개 질문을 받았을 때 선뜻 한 줄로 정리가 안 되어 당황스러웠던 적도 있었다. 나는 누구일까. 자기 정체성에 대해 이 나이가 되도록 명확하게 설정하지 못한다는 건 바보 아닌가. 잘 못 살아온 게 아닌가. 자괴감이 들기도 했다. 언제이던가. "너는 배우기만 하고 돈은 언제 버는 거냐, 희정이는 전문대 2년 나와 갖고도 피아노 레슨으로 잘 번다던데……."

참 뼈아프게 기억되는 말이다.

요즘 들어선 부와 성공에 관한 책들이 주로 눈에 들어온다. 사실 이런 책들이 있는 줄도 모르고 살아왔다. 유튜브를 보면서 알았다. 30대의 젊은 사람들이 돈에 대해 놀랍도록 솔직한 것을 보고 신세계를 만나는 듯 했다. 돈의 필요함, 돈에 대한 정의, 돈을 사랑하는 방법 등 내가 그동안 살아오면서 한 번도 들어보지 못한 돈 공부를 확실하게 시켜 주었다.

그동안 얼마나 책을 안 읽었으면 이렇게도 무지했을까 싶다. 그나마 예전에 읽었던 책은 돈하고 연결이 안 되는 전공 서적이거나 순수문학 분야였다. 노골적으로 부자가 되는 법을 안내하고, 돈의 속성에 대해 파고드는 공부를 한다는 것도 처음 알았다. 그런 세미나를 부단히 쫓아서 부의 그릇을 키우는 사람들의 이야기도 유튜브를 통해 알게 됐다. 참 신기한 세상이다.

우울증과 공황장애로 인해 극심한 불면증에 시달릴 때 책과 유튜브는 나에게 치료제가 되어주었다. 이후 본격적으로 유튜브를 사랑하게 되었다. 여전히 대인기피증은 남아있지만, 유튜브에서 교류하는 친구들에겐 적극성을 띠게 된다. 잃어버린 웃음을 온전히 되찾을 날이 언제일지 모르지만, 영상을 만들면서 미소를 띠고 있는 나 자신을 보게 된다. 요즘 나는 책과 유튜브에서 희망을 발견하고 있다. 마음의 평온함을 찾아가며, 아름다운 시니어 유튜버가 되어 제2의 인생을 새롭게 변화시켜 보고 싶다.

"당신은 누구인가요?"

"네, 저는 유튜버이구요, 다시 꿈꾸는 해피라이프 다꿈정별입니다."

07 뱃머리를 돌리지 마 :

유튜브를 하면 생활에 활력소가 되어 삶을 좀 더 재밌게 살게 되는 것 같다. 매일 반복되는 일상에서 뭔가 새로운 걸 만들어내고 거기서 오는 성취감을 느끼게 된다. 마치 무채색의 일상에 나만의 다채로운 색깔의

일상이라고 할까. 또한 콘텐츠를 찾기 위해 눈을 반짝이며 주변을 좀 더 주의 깊게 관찰하는 습관도 생긴다. 똑같은 사건도 여러 각도에서 보려고 노력하게 되고, 한 번 더 다른 관점으로 생각하게 된다. 이런 모든 게 즐거움이다. 생활의 활력은 자신뿐만 아니라 가족이나 주위의 사람들에게도 영향을 줄 것이다. 또한, 삶의 의욕 없는 이들에게 영상을 통해 활기를 전할 수 있다면 선한 영향력을 나누는 계기가 된다. 유튜브를 하는 것은 사람들과의 인연을 만드는 통로이기도 하다. 영상에 달리는 댓글로 교감하면서 새로운 지인이 형성되는 행복감이 느껴지기도 한다.

유튜브 채널을 운영하다 보면 저절로 자기 계발의 장이 되기도

한다. 내적 관리에 투자하기 위해 책을 읽게 되고 글을 쓰게 되기 때문이다. 내적·외적 자기관리를 하게 된다. 외모적으로 화면에 잘 나오기 위해 외모를 관리하게 되고, 내적으로는 책을 좀 더 집중해서 보게 된다. 새로운 것을 접할 때 다른 시각으로도 보게 된다. 끊임없이 좋은 영상 콘텐츠 제작을 위해 새로운 지식이나 정보에 관심을 갖게 된다.

구독자 입장에서만 있을 때는 똑같은 정보라도 막연하게 수동적으로 접했다면, 생산자 입장에서는 능동적인 태도로 바뀐다. 글쓰기, 말하기, 소통의 방법을 연구하다 보면 나도 모르게 성장하는 나의 모습을 발견하게 된다. 물론 개개인마다 차이가 있겠지만 분명 눈에 띄는 성장 속도가 느껴질 것이다. 스스로의 장단점을 파악하는 공간이 되기도 하고 다양한 연령층과의 만남의 장이 되기도 한다. 서로 뜻이 통하고 비슷한 콘텐츠로 공감대가 형성되면 나이와 상관없이 친구가 되는 것이다.

생로병사에 대한 프로그램을 다룬 방송이 있었는데, '장수의 힘, 어울림'이라는 제목이 시선을 사로잡았다. 65세 이상의 독신남녀 20명을 모아 약 40일간 실험이 진행되는 프로젝트였다. 어떤 참여자는 첫 모임에서 실망하는 모습을 보였다. 자기 또래들이 모여 있음에도 너무 나이 들어 보인다는 것이다. 자신을 그 그룹에 넣는다는 것이 용납되지 않는 듯 했다. 시청자인 내 눈에는 그 참여자도 같은 모습으로 보였다. 자신이 생각하는 모습과 또래의 모습이 일치하지 않은 데서 오는 괴리감에 당혹스러워하는 걸 보니 너무 공감이 되었다. 꼭 내 마음을 들여다보는 것 같았다.

사별한 66세의 그 참여자는, "아내가 떠난 후 나이가 한 살씩 먹어가니까 자꾸 슬퍼졌어요. '맛있는 인생' 팀에 합류를 해서 같은 처지에 있는 사람들과 만나고, 생각을 공유하면서 6주를 지내다 보니까 요즘 상당히 내 마음도 밝아졌어요. 아침 해가 이렇게 환하다는 것을 새삼스럽게 느끼게 됐어요. 그래서 사람 만나는 것이 굉장히 즐겁습니다."라고 말하며 실험이 끝날 무렵에는 환하게 웃는 얼굴로 바뀌었다.

노인이 된다는 것은 사회로부터 유리되는 과정이기도 한다는 것이다. 유리가 된다는 것은 서로 관계에서 떨어져 나가는 것이라고 한다. 배우자가 사망하게 돼서 떨어져 나간다든지, 직장에서 은퇴해서 동료하고 떨어져 나간다든지, 자녀가 결혼해서 떨어져 나간다든지 하는 과정인 것이다. 유리됨을 보충해 줄 수 있는 방법은 또 다른 사람과의 관계를 맺는 것이라고 한다. 대화를 하면서 서로 즐거움을 나눌 때 쾌락을 느낀다고 한다. 실험에선 닫혀있던 사람들의 마음의 문이 열리고 웃는 모습이 클로즈업 되었다. '사회적 관계 맺음'이 건강한 장수의 필요조건임을 확인하게 되었다는 실험 결과였다.

어울려 살아가는 게 미래 장수의 에너지원이라는 것이다. 2050년이 되면 세계인의 평균 수명이 100세가 된다고 한다. 함께 '어울려 살기'는 다가오는 미래 100세 장수 사회를 유지하는 데 아주 중요한 요소라는 것을 알게 되었다. 즉, 사회적 관계망이 좋으면 행복해진다는 것이고, 어울려 살아야 건강하게 장수한다는 것이다. 많은 사람들과 얼마나 자주 교류하는지가 장수를 결정하는 조건이라고 한다. 유튜브에서 다양한 사람과 교류하고 오프라인 모임으로도 이어진다면 장수의 지름길로 들어서는 것인지도 모르겠다. 나는 유튜브에서 사회적 관계망을 유지할 수 있는 희망을 발견하고 싶다.

> "생명체가 살 수 없는 곳에서 도토리를 심는 양치기 노인이
> 있었다. 매일 하루도 빠짐없이 3년 동안 십 만개의 도토리를
> 심었다. 그중 1만 개의 도토리만 살아남았다. 그래도 멈추지
> 않았다. 황무지는 점점 참나무 숲을 이루었다."
>
> - 장 지오노 <나무를 심은 사람>

양치기 노인은 하루에 한두 시간 꾸준히 성실하게 실행함으로써 목표를 이루었다. 열 개중 한 개밖에 안 남았다고 실망하지 않고, 그 한 개가 모이고 모여 숲이 된다는 희망의 끈을 놓지 않은 결과였던 것이다.

구독자가 느는 속도가 아주 더디더라도 상관없다. 멈추지만 않으면 된다. 뱃머리를 거꾸로 확 돌려버리지만 않으면 신대륙에 도착할 확률은 높을 거니까. 성실함과 꾸준함으로 항해하다 보면 어느 순간에 임계점에 도달할 것이라고 믿는다.

08 도전하는 삶은 아름답다 :

내가 구독하는 유튜브 중에 '미국의사 조동혁의 100세 건강시대' 가 있다.

"제 환자 중에 97세에도 라인댄스를 하면서 건장한 체격을 유지 하고 있는 분이 있어요. 팔십 대의 부인은 도자기 예술을 하는 작가 로 입문했고요. 이분들을 보다가 67세분이 와서 나이 타령하면, 젊 은 사람이 왜 그럴까 싶은 생각이 들어요."

조동혁 유튜버는 끊임없이 배울 것을 권한다. 100살, 120살까지 살기 위해선 뭔가 생산적인 것을 해야 한다는 것. 지금은 많이 바뀌 어 가고 있지만, 한국 사람을 볼 때 안타까울 때가 많다고 한다. 가 령 미국 사람의 경우, 60세가 되어도 한국에서 5년가량 살면 한국 어를 제법하게 된다. 한국 사람은 40대에 미국에 와서 20여 년간 살아도 영어를 잘 못하는 경우가 많다고 한다. 그 이유는 '나는 나 이가 들어서 영어를 못해.'라고 스스로 자신의 한계를 그어버리기 때문이라는 것이다. 이렇듯 관점을 바꾸면 나이는 별문제가 되지 않는다고 한다.

우리나라에는 전국을 누비는 젊은 오빠가 있다. 젊은 시절에는 존재가 부각 되지 않아 생활고를 겪어야 했고, 자살까지 생각했다고 한다. 그런데 예순한 살에 전국노래자랑 MC를 맡아 지금까지 전국노래자랑 33년을 맡아서 하는 동안 독보적인 존재감을 드러내고 있다. 사실 그의 전성기는 80대부터 시작했다고 해도 과언이 아닐 정도다. 그리고 지금은 최고령 사회자, 최다 진행, 최고 시청률 등이 그에게 따라붙는 수식어가 됐다. 바로 우리 모두가 다 알고 있는 송해 님이다. 지금 그의 나이는 94세, 그는 지금도 전성기를 누리고 있는 중이다.

77세 임종소 씨는 보디빌더이다. 피트니스 대회에서 젊은이들과 겨루어 당당히 2위 입상을 따내는 기염을 토하기도 했다. 허리협착증을 앓던 중 이러다 세상 다 끝나는 게 아닌가 하는 생각이 들어 헬스장을 찾아갔다고 한다. 내친김에 보디빌더에 도전하게 됐다고 한다.

"80세 때 최고령 보디빌더 기네스북에 도전할 거예요."라고 말하는 임종소 씨의 멋진 꿈은 계속 진행 중이다.

이들을 보면서, 나이가 들었기 때문에 아무것도 할 수 없다고 생각하는 건 핑계에 불과하다는 생각이 든다. 주변엔 뇌 운동 시킨답시고 매일 화투나 치고 있는 사람도 있다. 60이 넘어서 뭘 할 게 있겠냐는 것이다. '관점에 따라 이렇게 달라지는구나'를 느낀다. 새로운 것에 도전하고 끊임없이 공부하는 자세로 살아가다 보면 어떤 기회가 찾아올지 모를 일이다. 진취적이고 생산적인 일에 시간을 투자하는 '업글인간'(성공보다는 성장을 추구하는 자기 계발형 사람을 의미)으로 살아가면 좋을 것 같다.

요즘 아이들은 태어나면서부터 컴퓨터와 하나가 되어 살아간다. 컴퓨터를 몰라 쩔쩔매는 어른들을 보면 이해가 안 갈 것이다. 처음 부터 컴퓨터를 배우지 않은 어른들 입장에서는 어느 날 갑자기 쳐 들어온 외계어 같은 것일지도 모를 텐데 말이다. 팬데믹은 우리를 온라인 세상으로 묶어 버렸다. 이제는 더욱 컴퓨터를 떠나서는 살 기가 힘들 것 같다. 코로나가 끝난다 해도 또 다른 변종이 이어질 거란 전문가들의 예측이 나온다. 오프라인 세상에서 만나면 마스크 쓴 얼굴만 기억 될 것이다. 답답하다. 마스크 안 쓴 온전한 얼굴은 결국 온라인에서나 보게 될 것 같다.

그러니 시니어들도 컴퓨터와 무조건 친해져야 한다.

나는 줌을 배워야겠다고 마음먹었다. 지금은 요일별로 거의 매 일마다 줌 미팅을 초대받아 듣는 수강생 입장에 있다. 반년 넘게 줌 강의에 참여하다 보니 나도 진행해보고 싶다는 생각이 들었다. 그 러려면 공부를 해야겠지. "평생 공부만 하다 죽을 거냐."고 비아냥 거리는 댓글을 단 구독자도 있지만 인풋만 하고 살던 때는 그 말이 맞다. 하지만 이제는 아웃풋과 병행하며 살 것이다. 장담할 수는 없어도 아마 죽는 순간까지 공부의 끈은 놓지 않을 것 같다. 같은 내용인데 어감이 다르다.

2019년 가을에 함께 일하던 곳 s기사에게 사기당해 오갈 데도 없는 나에게 k는 많은 도움을 준 고마운 사람이다.

"젊은 사람도 어렵다는 되지도 않을 그런 건 뭐하러 하냐. 그 나이에 용쓰는 모습이 참 불쌍해 보인다. 유튜브 한다고, 스마트스토어 한다고 법석 떨어대지 말고 그냥 나한테 와라. 와서 살면 밥 굶는 일 없이 속 편할 것이다."

그가 내게 프로포즈하면서 했던 말이다. 하지만 그는 내가 유튜브하는 걸 이해하지 못하는 것 같았다. 내가 왜, 무엇 때문에 유튜브를 하는지 그저 늙은 나이에 쓸데없는 짓을 한다고 생각하는 것 같았다. 상대가 원하는 일을 진심으로 지지해주는 사람이라면 노후를 함께 걸어가고 싶지만 그렇지 않다면 함께 걸어가기가 힘들지 않을까 생각된다.

왜냐하면, 내 인생의 주인은 나이니까. 나는 공부하고 새로운 일에 도전할 때 가장 행복하고 희열을 느끼는 '업글인간'이니까.

나에게는 '왜 행운이 따르지 않을까'라고 생각한 적이 있었다. 운은 타고난 것이 아니라 스스로 만들어가는 것이란 걸 이제야 알 것 같다.

엄마가 떠나신 후, 우울감을 안고 살아가다 사기 당해 또 한 번의 시련을 겪었다. 하루를 버텨내기가 죽도록 힘들었다. 모든 의욕 상실했을 때 어느 북튜버가 소개한 책을 보았다. '경영의 신'으로 알려진 파나소닉의 창시자인 마쓰시타 고노스케는 신입사원을 뽑을 때 '스스로 운이 좋다고 생각하는 사람'만을 채용했다고 한다. 그는 왜 면접 질문을 "당신은 지금까지 운이 좋았다고 생각합니까?"라고 했을까.

그는 자신에게 세 가지 좋은 운이 있다고 말했다. '첫째, 찢어지게 가난한 집안에서 태어난 것. 둘째, 정규교육을 받지 못해 초등학교 4학년까지 밖에 못 다닌 것. 셋째, 몸이 허약한 것.' 내가 볼 때는 누구보다 불행한 사람의 조건을 가졌다. 마쓰시타의 생각을 바꾸는 힘이 놀랍다. 어떤 상황에서도 긍정 스위치를 켜야 한다는 것을 배우게 된다. 운이 좋다고 생각하면 좋은 운을 부르고, 운이 나쁘다고 생각하면 불운을 불러들인다는 것을 알았기에 신입사원을 채용할 때 적용했던 것 같다. 매사 마음이 부정적인 사람 곁에 있으면, 주위의 다른 사람에게까지 영향을 미친다는 것을 일찌감치 간파했기 때문이 아닐까.

"나는 가난했기 때문에 직공이라는 밑바닥부터 인생 경험을 쌓을 수 있었고, 몸이 허약했기 때문에 운동을 부지런히 하여 몸이 튼튼해졌고 초등학교도 제대로 졸업하지 못했기 때문에 세상 모든 사람들을 스승으로 여기며 언제나 공부하였다." 이런 악조건도 그에게는 최고의 좋은 운으로 작용했다는 점이 놀랍기만 하다. 돈을 떠나 사람을 소중히 여긴 그의 경영철학이 감동으로 다가와 가슴속에 남는다.

지난주 아는 사람의 부고가 들려왔다. 뜻밖이었다. 이십 년은 젊어 보일 정도로 모델처럼 세련되고 아름다운 모습이 떠오른다. 명문여대 출신이어서 그랬을까. 기자단에서 유독 눈길을 끌었던 것 같다. 열정도 대단했다. 근래 신장에 이상이 생겨 투석을 받았다는 사연이었다. 60대 후반인데 이리 빨리 세상을 뜰 줄 몰랐다.

문득, 지금 누리고 있는 이 사소한 '순간'이 소중하고 크게 다가온다. 비장함도 든다. 만약 앞으로 40여 년의 시간을 선물 받는다면 지금부터 새로운 마음으로 시작해보겠다. 새로운 일에 도전할 것이며, 건강을 챙길 것이며, 죽는 순간까지 배움을 멈추지 않을 것이다. 도전은 늙음을 더디게 하고 심장을 뛰게 하므로. 잘 늙어가는 방법을 찾는 것이 마지막까지 청춘으로 사는 길이므로. 나의 삶을 반추하고, 기록으로 남기고, 그것을 영상으로 만드는 일에 의미를 부여하며 살아가고 싶다. 생을 다하는 날까지.

나는 평소에 강의 듣는 것을 좋아해 k방송에서 하는 목요특강이라든가 교육 방송에서 하는 역사 강의 같은 걸 종종 듣는다. 현장에 찾아가서 듣는 경우는 시간 여건상 많지는 않았다. 유명한 저자 특강이나 구민회관에서 마련한 문화특강을 가끔 듣는 정도였다. 그냥 다양한 사람의 생각을 듣는 것이 재미있었다. 이제는 유튜브로 강의를 듣고 있다.

입력이 있으면 출력도 있어야 한다는데, 나는 입력에만 만족하고 살았다. 취미도 그렇고 전공 분야도 그렇고 그저 배우는 것만 즐겼다. 그건 낭비였다. 인풋과 아웃풋을 동시에 잘 활용하는 요즘 사람들을 보면서 드는 생각이었다. 항상 부족함이 느껴졌고 그래서 자신감이 떨어졌다. 그러다 보니 아웃풋을 주저했다. 나 같은 사람이 많으면 확실히 사회적인 낭비 요소가 될 것이다. 무언가 받았으면 돌려주어야 한다는 걸 알지 못했다.

어쨌거나 배움의 끈은 놓지 않을 작정이다. 나이 들수록 새로운 지식으로 뇌를 자극하라고 한다. 나이가 들면 학습 능력과 창의력이 떨어진다는 편견이 있는데 전혀 그렇지 않다고 한다. 노화로 인해 암기력은 다소 떨어질지 몰라도 종합적인 판단력은 오히려 높아진다는 것이다. 인생 경험으로 다져진 지혜로 인해 새로운 내용을 받아들이는 수용 능력도 성숙 된다고 한다. 학습 능력이 결코 떨어지지 않는다는 것이다. 노년이라고 새로운 지식을 입력시키지 않으면 맨날 고리타분한 얘기만 되풀이하게 될 것이다. 만나봐야 지겨운 얘기만 하면 친한 친구도 떨어져 나갈지 모른다. 재미가 없기 때문이다. 친구뿐만 아니라 사회적 유대관계를 이어가기 위해서라도 계속해서 새로운 지식을 입력하는 게 좋겠다.

유튜브를 제대로 공부해보고 싶었다. 강의를 검색했으나 코로나19로 인해 오프라인 수업은 용이하지 않았다. 시간 맞추기도 어려웠다. 온라인을 통해 다양한 강의를 쉽게 접할 수 있게 된 것은 어쩌면 더 좋은 기회일 수도 있겠다는 생각이 들었다. 시간과 공간의 제약 없이 선택할 수 있는 장점이 있으니 말이다.

온라인 강의 줌을 알게 되었다. '유튜브 인플루언서 2기'에 등록했다. 유튜브 첫걸음을 위한 내용이었다. 허지영 강사는 내 채널을 보고 놀랐다.

"진짜 어머님이 혼자 다 하신 거예요?"

"그 나이에 어떻게 그리 잘하세요. 다른 분은 기초단계 하거든요."

칭찬이 고맙기에 앞서 '내가 그렇게도 나이가 많은 거구나' 살짝 우울했다. 어쨌든 강의에 동참하는 자체는 좋았다. 혼자 하는 외로움에서 벗어날 수 있다는 게 신났다. 동기들을 모아 오픈 채팅방에서 주고받는 Q&A도 도움이 되었다. 채널 개설부터 하나하나 잘 따라 하던 사람들은 구독자를 금방 모아갔다. 강사의 지도를 받으니 젊은 사람은 성장 속도가 눈에 띄게 빨랐다. 수강생들끼리 노하우를 나누며 서로 응원하는 모습들이 보기 좋았다. 문제는 내 채널에 큰 변화가 없다는 것이었다. 해결점을 찾기 위해 개별 코칭 신청을 했다. 허지영 강사를 만나러 수원 영통으로 달려갔다. 대략적 점검을 한 후, 채널아트와 카테고리를 정리했다. 식사도 하고 정담도 나누었다. 막상 만나니 호칭을 '성희님'이라고 해주었다. 귀여운 강사라는 생각이 들어 웃음이 나왔다. 강의를 신청했더니 젊은 사람과 소통하는 창구가 하나 늘어난 것 같았다.

서글서글한 성격의 지영 강사를 만나고 돌아오는 길이 전혀 멀게 느껴지질 않았다.

'십시일강 연구소'를 운영하는 김형숙 강사를 만난 것도 행운이었다. "당신의 성장과 변화를 돕습니다."라는 캐치프레이즈(광고, 선전 따위에서 남의 주의를 끌기 위한 문구나 표어)를 걸고, 일요일 저녁마다 강사를 초청해서 무료 강의를 진행하고 있는 모습이 인상적이었다. 유튜브에 관한 강의는 따로 유료 신청을 받고 있었다. 강의를 들어보니 생각지 못했던 디테일한 부분까지 다 찾아내어 알려주려 애쓰는 모습이 보였다. 전산학을 전공해서인지 컴퓨터를 자유자재로 다루었다. 평소에 미처 모르고 지나쳤던 부분까지 세세하게 알려주는 섬세함에 감동했다. 강사마다 개성이 있고 다양성을 접할 수 있다는 것도 흥미로웠다. 공부하면서 자연스럽게 인맥도 넓혀진다는 건 인생을 더 풍요롭게 해준다는 것도 알았다.

가만히 있으면 자칫 사회에서 고립될 수 있는 인생 2막이다. 소외감이 들지 않으려면 내가 움직여야 한다. 갈 곳 없고 반기는 곳이 없다고 한탄할 것이 아니라, 내가 스스로 사회 속으로 다시 들어가야 하지 않을까. 그러기 위해선 끊임없이 새로운 것을 공부하고 젊은이들과 소통할 기회를 가지는 것이 중요하다고 생각한다.

10 용기를 내자 :

세상에는 성공한 사람이 참 많다. 유튜브를 보아도 성공한 사례들로 넘친다. 나 같은 사람은 왜 사나 싶은 생각이 들 정도다. 부러운 마음이 든다. 아웃사이더의 대열에서 벗어나려면 어떻게 해야 할까.

〈파리에서 도시락 파는 여자〉의 저자 켈리 최 회장도 유튜브를 한다. 운영하는 회사의 연 매출이 8천억에 달한다고 한다. 영국 여왕보다도 부자라는 켈리 최 회장은 '왜 유튜브를 할까?' 궁금했다.

켈리 최의 유튜브를 보면 영상에 광고가 나오지 않아서 흐름이 끊기지 않는다. 대부분의 유튜버들이 광고 수입을 중요시 여겨 광고를 몇 개씩 집어넣는데, 켈리 최는 그렇지 않았다.

"제가 꿈을 이루었던 노하우를 유튜브를 통해 나눌 계획입니다." 라고 말하며 비서에게 시키지 않고 본인이 직접 하는 것 같았다. 있는 그대로의 자연스러운 모습을 편안하게 보여주는 자신감이 특별하게 다가왔다. 자신이 이룬 것을 나누고 싶어 하는 선한 영향력이 그대로 전해지는 것 같아 존경심마저 생겼다.

"나 켈리스는 사회에 공헌하고 나눔을 실행하는 진정한 미래의 리더입니다. 내가 가진 재능을 통하여 선한 영향력으로 사회에 공헌하는 사람이 되겠습니다. 세계적인 시야를 가지며 전 세계의 켈리스를 응원하고 그들과 함께 성장할 것입니다. 사람과 지구의 이로운 선한 꿈을 꿀 것입니다. 지구의 보전을 위하여 모든 노력을 하고 환경을 해치는 행동을 하지 않을 것이며, 사람에게 이롭게 하고 모든 선한 꿈을 반드시 이루며 살 것입니다."

켈리 최의 선언문 내용 중 일부이다.

영국 여왕보다도 돈이 많은 여자라 오만하지 않을까 하는 나의 선입견이 싹 사라졌다. 사회적으로 성공한 멋진 여성으로서가 아니라 그저 한 인간으로서 평범한 모습으로 유튜브에서 진솔한 이야기를 만날 수 있다니, 바로 쏙 빠져들었다. 이런 부자가 있다니 참 좋다.

켈리 최도 처음부터 금수저는 아니었다. 가난 때문에 봉제 공장에서 일하며 야간 고등학교에 다녔다. 무일푼 상태로 패션 공부를 제대로 하고 싶어 일본과 프랑스로 건너갔다. 그러나 그런 과정 중 40대 중반에 사업실패로 10억의 빚을 지게 되었다. 자살을 생각할 정도로 막막한 현실이었지만, 엄마를 떠올리며 가족의 힘으로 딛고 일어섰다. 그리고 지금은 유럽 10개국에서 700여 개의 매장을 만들어낸 CEO가 되었다. 그런 용기를 닮고 싶다.

나는 지금 수천만 원의 빚이 있다. 나이로 따지자면 당시 켈리 최의 10억과 맞먹는 무게감이다. 희망을 찾지 못해 의욕을 상실했다. 정신 줄을 놓고 싶었다. 허나, 지금 죽으면 내 생이 아무것도 아닌게 된다. 해놓은 게 너무 없기 때문이다. 켈리 최가 시골에서 농사 짓는 엄마를 생각하며 다시 살아보기로 결심 했듯이, 나 역시 하늘에 계신 엄마를 떠올리며 다시 용기를 내기로 마음먹었다.

켈리스 선언문처럼 나 또한 사회에 공헌할 수 있는 의미 있는 뭔가를 찾고 싶다. 조금이라도 가치 있는 일을 하며 이 세상에 나온 소명을 다하다 가야 할 것 아니겠는가. 죽자고 덤비면 죽을 일밖에 안 보일 것이고 살자고 용을 쓰면 살길만 보일 것이다. 무조건 살아야 할 이유를 찾아야 한다.

애초에 나는 참 용기 없는 사람이었다. 학창 시절 내내 자신 있게 "저요!" 손 한번 들어본 기억이 없다. 선생님과 눈 마주칠 용기가 없어 앞줄에 앉은 애 뒤 꼭지에 숨느라 바빴다. 틀린 답을 냈을 때 망신당할 것이 두려워서였다. 자존감이 높은 아이로 키워줬으면 좋았을 것을……

그 용기 없음은 성인이 되어서까지 오랫동안 나를 따라다녔다. 말 잘 듣는 착한 딸이기를 거부할 용기가 없었고, 연애할 용기가 없어 아까운 청춘을 날려버리기도 했다. 결혼하기 싫다고 거부할 용기도 없었고, 홀로 되었을 때는 이혼했다고 세상에 외칠 용기도 없었다. 생각해보니 평생을 그냥저냥 용기 없게 살아온 것 같다. 세상 사람은 이런 나를 바보라고 정의 내릴지도 모르겠다.

다행히 그 바보는 이제 죽었다. 다시 만나기 어려울 것이다. 인생은 60부터라니. 난 다시 태어나서 두 번째 인생을 살고 있는 것이다. 나의 무능함에 대한 화살을 누군가에게 탓할 수 없는 나이이다. 이미 산전수전 다 겪고 초월한 인생이다. 이 순간 살아 있음에 감사할 뿐이다. 타인의 시선에 좌우되어 귀한 시간 허비하고 싶지도 않다.

나는 이제 어떤 실패와도 시선을 회피하지 않고 당당히 마주할 것이다. 나와 의견이 다른 사람이 있다면 미움 받을 용기도 마다하지 않을 것이다. 엄마가 내려다보며 "여기까지 오느라 참 애썼다." 라고 위로해 주실지도 모른다. 오늘은 나 스스로에게, 바보처럼 살았지만 여기까지 '참 잘 왔다. 대견하다'고 토닥토닥 안아 줘야겠다.

외출 채비하느라 바쁜 아침, 저 혼자 돌아가던 TV에서 내 귀를 사로잡는 소리가 들려왔다. 사유리 씨의 비혼 출산 소식을 전하는 뉴스였다. 준비하던 손길을 멈추고 끌리듯 화면 가까이 다가갔다. 결혼하지 않고 정자은행을 통하여 시험관 아기를 낳았다는 소식이었다. 워낙 특이한 경우이다 보니 역시나, 종일 검색어 1위를 기록하며 반응들이 뜨거웠다.

한때는 나도 시험관 아기를 시도한 적이 있었다. 사유리 씨와 다른 점이라면 결혼이라는 제도 안에서 정상적인 절차를 밟았다는 것이다. 20대 후반에서 서른 살 즈음이니 오래된 이야기다. 결혼을 했으니 의무감에서 한 행동이었다. 우리 부부는 신혼 때임에도 깨가 쏟아지기는커녕, 얼굴 마주하기도 힘들게 살았다. 가끔 마주해도 어색하고 냉랭하기만 했다. 그런 상태에서 내 마음에 사랑이 싹틀 리 만무했다. 사랑하는 사람의 아기를 낳고 싶은 게 보통 여자들의 마음이건만, 남편 닮은 아이를 낳고 싶다는 생각이 전혀 안 들었다. 그래도 아이는 낳아야 한다는 사회 인식에 짓눌려 '울며 겨자 먹기' 식으로 유명한 불임센터를 찾아다녔다. 지금은 난임이라고 지칭하는 것 같다.

강남의 유명한 C병원을 꾸준히 몇 년간 다녔다. 시험관 시술 과정은 무척 힘들었다. 스트레스로 체중이 줄어 비쩍 말라 갔다. 주치의는 난임의 원인을 알 수 없다고 했다. 신체적으론 이상이 없다는 것이었다. 환경적인 요인이나 정신적인 영향을 받는 경우가 있다고 했다. 단정할 수는 없지만, 내 경우엔 스트레스가 크게 작용한 것 같았다. 30여 년의 세월이 흘렀으니 지금은 의술이 훨씬 좋아졌을 것이다. 할머니 소리 들을 아주 늦은 나이에 정자은행을 통하여 첫 출산에 성공한 외국의 사례를 본 적도 있다.

흔히 아이를 낳지 않아서 정이 없을 줄 아는데, 나는 아이들을 무척 예뻐한다. 그래서 베이비시터 일도 해봤다. 아이를 안을 때 따뜻한 체온을 느끼는 게 너무 좋았다. 갓난아기들이 성장하는 모습을 보면 흐뭇한 미소가 절로 지어진다. 어린 아기들 노는 모습을 보면 그저 사랑스럽다. 신기하다. 그 시간만큼은 아이들이 내 손주라도 되는 것처럼 같이 웃고 같이 호흡한다. 그만큼 힐링이 된다.

만약 내가 사유리 씨처럼 마흔이라면 비혼모를 도전해볼지도 모르겠다. 그것도 괜찮을 것 같다. 단 아기 키울 용기와 능력은 갖춰야 되겠지만.

밖에서 사람들과 만나다 보면 종종 질문을 받는다. "자녀는 몇 명이에요? 같이 살아요?"

"아, 예… 뭐, 그냥 다 독립했죠." 난처해하며 말을 얼버무리곤 했다. 그런 대답을 했던 때는 다시 볼 일이 없는 사람일 경우이다. 두 번 볼 사람이면 "아이 없어요."라고 솔직히 얘기한다.

앞으론 그렇건 저렇건 있는 그대로 말해야 할까 보다. 남들의 시선을 의식해야 하고 휘둘리는 것 그만하고 싶다. 나로 당당히 살 용기가 필요한 것이다.

정상 가족에서만 가능할 것이라는 고정관념을 깬 사유리 씨의 용기는 예상외로 박수갈채를 받고 있다. 쉬쉬하며 고통 속에 있는 미혼모들에게 희망의 메시지가 되어 아기 키울 용기를 준 것이다.

"아기를 입양시키려고 했는데 마음을 바꿨어요."라는 미혼모도 있다고 한다. 사유리 씨의 용기 있는 비혼 출산은 새로운 가족 형태의 시작인지도 모르겠다.

chapter 4

시니어 성장 도우미

01 대한민국 정책기자단이 되다 :

기자라는 직업이 참 멋있게 보였다. 지금은 텔레비전과 핸드폰의
비중이 커져서 종이신문의 인기가 없지만, 예전엔 신문의 영향력이
대단했었다. 당연, 기자라는 문턱도 높았다.

50이 될 즈음 관악구에서 살았다. 관악구에는 평생교육원이 잘
되어 있었다. 몸이 약해져 건강관리에 힘쓰는 한편, 평생교육원의
강좌를 서너 개 신청해 공부를 했다. 영어, 중국어, 구민기자교육 등
이었다. 특히 기자교육을 받을 땐 무척이나 설레었다. 그렇게도 선
망하던 기자라니. 기자교육을 하는 목적은 관악구 주민소통기자를
뽑기 위해서였다. 구민기자에서 주민소통기자로 명칭을 바꾸어서
사용했다.

조를 짜서 과제를 발표하고 신문 만들기 실습을 했다. 수료식 때
는 실제로 만든 신문이 나왔다. 내 기사가 실린 걸 보니 가슴이 두
근거렸다. 마치 진짜로 기자가 된 것처럼. 그렇게 기자 흉내를 내봤
다. 인생의 다양한 경험을 할 수 있다는 것만으로도 재미있었다. 부

러웠던 직업, 한 번쯤 해보고 싶었던 기자라는 직업을 연극 무대에 서처럼 연기해본 느낌이라고나 할까.

전직 기자 출신인 구청장님의 실질적인 경험에 의한 특강은 아직까지 인상 깊게 남아있다.

그때 받은 기자교육은 지금도 살아가는데 좋은 밑거름이 되어주고 있다. 수료하고 선정된 사람은 구민기자단 활동을 시작했다. 나는 구민기자단과 글로벌다문화신문 기자단으로 동시에 활동을 시작하게 되었다. 주민소통기자라는 명칭에 부합하려 노력하다 보니 관악구 곳곳에 관심과 애정이 생겼다. 기삿감이 뭐가 있을까를 늘 고민해야했지만 행복한 고민이었다. 활동비는 미미했지만 보람은 컸다. 새로운 친구를 만나고 소통하게 된 경험들 역시 나의 인적 자산으로 남았다. 그 모든 것을 누릴 수 있는 행운이 실행에 옮겼기 때문에 가능했던 것 같다. '실행이 답이다'란 말이 맞는 것 같다.

글로벌 다문화 신문(아시안타임즈로 명칭이 바뀌었음.)을 운영하던 '아시안 허브' 최진희 대표를 만난 것도 좋은 기회로 작용했다. 나를 한 단계 업그레이드 시켜준 계기가 됐다고나 할까. 5명으로 구성된 우리 시니어 기자들에게 실질적인 교육과 다양한 현장 경험을 시켜주었다. 일주일에 평균 기사 3회 정도를 꾸준히 올리게 했다. 5명 중에 전직 잡지기자 2명이 있었지만, 세월이 흘러 감각이 없어졌다고 힘들어했다. 그러니 나머지 우리 세 명은 쩔쩔매면서 어렵게 따라갔다. 하지만, 최 대표는 거의 스파르타식에 가까울 정도로 우리를 이끌었다. 나이 들었다는 핑계를 봐주지는 않았다. 그렇게 기자일에 익숙해져 갔다. 신문 기사 외에 동영상 공모전에도 공동으로 영상을 제작해 출품했다.

또 토요다락방 '지구탐험대'에서는 원어민 교사를 돕는 보조교사로 활동하며, 다문화가정의 아이들을 지도했던 일도 나에게는 좋은 추억이다.

거기다가 각 나라의 문화를 북아트로 만드는 수업을 진행하며 '북아트 워크북'을 만든 기억도 새롭다. 그땐 힘들다고 생각했는데, 지나고 보니 보람되고 가치 있는 경험으로 남아 있다. 몽골, 일본, 중국, 필리핀 등 다양한 이주여성들을 만나면서 그들의 문화를 접했다. 그때의 경험이 내 가치관에 변화를 가져왔다. "우리나라도 다양한 인종과 다양한 문화가 어우러져 함께 가는구나." 낯설게만 느껴졌던 그들에게 관심이 가고 정이 생기기 시작했다.

함께 일하면서 희로애락을 나눴던 동료기자단 5명은 지금까지 모임을 이어오고 있다.

그땐 몰랐지만 지금 생각해보니 '글로벌 다문화 신문'에서의 체험은 내가 앞으로 살아가는 데 지침이 되어주는 것 같다. 당시 잘 알아듣지도 못하는 답답한 아줌마들을 데리고 땀 흘렸을 최 대표를 떠올리니 웃음이 나온다. 블로그와 동영상 제작을 위한 교육, 기사 올리는 방법 등 그때 익혀둔 덕분에 어떤 일을 하던 자양분이 되어 주었다.

내친김에 '브라보마이라이프'의 동년 기자단에도 지원했다. 경제 신문 이투데이에서 발행하는 액티브시니어를 위한 월간지이다. 합격 되어 기뻤다. 뭔가 좀 제대로 기자라는 형식을 갖춘 것 같았다. 월간지의 기사 선정은 조금 까다로웠다. 보다 더 전문적이어서 만만치 않은 만큼 매력도 있었지만, 기사 횟수가 정해져 있었다. 내 차례를 가져오기가 수월치 않았다. 기사를 취재하기 위한 인터뷰 소요 시간, 원고 작성해서 검토받는 까다로운 절차가 만만치 않았다. 그 과정에서 내 담당 기자하고 의견이 부딪치자 나는 흥미를 잃고 말았다. 월간지라는 게 어떻게 만들어지는지 2년을 경험하고 나왔다. 시간과 경제적인 안정을 찾은 후에 취미 삼아 다시 시도해보고 싶은 마음은 있다. 원고료에 목메지 않고 즐기면서 할 수 있는 여유가 찾아온다면 말이다.

얼마 전엔 동년 기자단에서 같이 활동했던 변용도 씨를 유튜브에서 만났다. 그는 '용도변경TV'라는 유튜브 채널을 운영하고 있었다. 무엇보다 70세의 나이에도 이십 대 못지않은 열정이 보기 좋았다. 조기 퇴직을 하고 그는 다양한 업종을 경험한 후에 지금은 사진 전문가로 활동하고 있다. 뭐든 꾸준히 하면 그 분야의 전문가가 된다며, 요즘엔 스마트폰 동영상 강의도 하고 라디오 프로그램에 시니어 기자로 출연하는 등 바쁘고 행복한 나날을 보내고 있다고 말했다. '자신의 쓰임새에 맞게 용도 변경을 해야 한다. 자신의 역량을 다 쓰고 가자'라는 생각으로 산다고 했다. 유튜브를 하는 이유는 자신의 경험과 지혜를 나눔으로써 '다쓰'를 실천하고자 한다고 했다. '다쓰'는 '자신의 역량을 다 쓰고 가자'라는 뜻이라고 했다.

대한민국 정책기자단은 문화체육관광부에서 주관하는 기자단이다. 어디든 그렇겠지만, 특히 문체부 정책기자단에 합격 되었을 때 기쁨은 하늘로 날아갈 듯했다. 대학생, 대학원생 등 젊은 사람이 많이 지원한 가운데, 나이 든 사람들이 자리한다는 게 한편 쑥스러우면서도 자긍심이 느껴졌다. 각종 행사에 참여하고, 전국적으로 모인 다양한 사람들과 교류할 수 있어 좋았다. 여기서 하는 일은 정책을 국민들에게 알리는 데 목적이 크다고 할 수 있다. 팸투어(지방 자치 단체나 여행업체 등이 지역별 관광지나 여행 상품 따위를 홍보하기 위하여 사진작가나 여행 전문 기고가, 기자, 블로거, 협력 업체 등을 초청하여 설명회를 하고 관광, 숙박 따위를 제공하는 일) 등 혜택도 많았으나, 기사 하나 따내려면 경쟁이 치열하다는 점이 단점이었다. 한창 젊은 나이의 대학생, 대학원생들의 열정을 넘어설 수가 없었다. 평소엔 구경할 수 없는 서울경찰청을 방문해서, 서울 시내 교통상황이 한눈에 보이는 종합교통정보센터, 112종합상황실을 탐방한 기억이 아직도 인상 깊게 남아있다. 그 기사를 작성하고 정책기자단을 마무리했다. 그것 또한 내 생애 멋진 경험으로 남아있다.

가보지 않은 길은 환상과 미련이 남는다. '내 손안에 서울'의 시민기자, 정책기자단까지 두루 체험하고 나니 못 해 봤던 직업에 대한 갈증이 미련 없이 해소되었다.

매해 연말이 되면 전국 지자체마다 다음 해 활동할 체험단을 모집한다. 체험기자단 활동으로 전국을 여행하며 용돈벌이에 관심 있는 사람이라면 응모해보면 좋을 것이다. 시간 여유 있는 중장년들이 취미처럼 즐기기에도 딱 좋은 일이라는 생각이 든다. 기사도 작성하면서 친구와 여행하는 계기로 삼는다면 알뜰하고 가치 있는 취미 생활이 될 것 같다.

02 그때 알았더라면 ⋮

'지금 내가 알고 있는 걸 그때도 알았더라면' 언제까지 이런 후회만 하고 살 것인가. 킴벌리 커버거의 시를 접했던 이십 년 전이나 지금이나 한심하긴 매한가지인가보다.

가끔 시간을 거슬러 과거로 돌아가고 싶다는 생각을 한다. SF영화처럼 5년 전으로, 10년 전으로. 내가 조작하고 싶은 시간으로 돌아가서 과거의 스토리를 원하는 대로 돌려놓을 수만 있다면 얼마나 좋을까.

딱 세 번의 기회를 주면 좋겠다. 첫 번째는 2018년 엄마의 마지막 생신날로 돌아가고 싶다. 나는 다음 해에도 당연히 엄마의 생신을 맞이할 줄 알았다. 생사의 고비를 잘 넘기고 6년이나 비교적 건강을 잘 유지하셨기 때문이다. 부처님오신 날인 초파일이 생신이어서 항상 연휴였다. 덕분에 가족이 모이기도 좋았다. 2012년 생신 때 여수 엑스포에 다녀온 다음 날 뇌졸중으로 쓰러지셨다. 당뇨병 환자라 종일 뙤약볕에서 힘들었던 게 원인이었다.

"뭐 볼 것 있다고 여기저기 종일 줄만 서더라. 넓기는 오지게 넓어서 물 한 모금 사 먹기도 힘들고, 햇볕 가릴 데는 없지 목이 말라 혼났다!"

내가 갔으면 엄마를 보살폈을 텐데 후회가 됐다.

"엄마, 쌀밥 말고 잡곡밥 드셔야 돼. 입맛 없다고 또 짜장면 시켜 드셨어요?"

아버지 돌아가시고 3년째 혼자 지내시는 동안 끼니에 신경을 안 쓰는 엄마에게 매일 전화를 해서 간섭했다. 생일날인 그날도 "너 안 가면 내가 뭔 재미로 가냐." 엄마가 채근했지만, 올케와의 관계가 불편해서 같이 가지 않고 집에 남았다. 그것 또한 불효였다.

"저녁밥 좀 해놓거라."

"아니 지금까지 식사도 안 한 거예요?"

"당뇨 환자를 공복으로 두면 안 되는데 끼니를 넘기면 어떡하라고……."

화가 났다. 빈속으로 오실 엄마를 위해 서둘러 고기를 볶고 상추를 씻어 밥을 해놓았다.

집에 들어선 엄마와 오빠 부부, 그리고 막내 조카의 표정들이 밝지 않았다. 밤길에 운전이 서투른 오빠가 길을 잘못 들어 대판 목청을 높인 모양이었다.

"이게 나 생일 축하하라고 간 건지 속상 하라고 간 건지, 내가 왜

갔나 싶구나."

엄마는 나에게 푸념을 하셨다.

다음날 오빠네 가족이 먼저 서울로 올라가고 나만 남았다. 연휴 마지막 날을 엄마랑 보내고 있는데 자꾸 기운 없다며 누워계셨다. 전조 증상인 줄 모르고 나도 같이 옆에 누워 뒹굴 거렸다. 이웃에 사는 막내 이모를 불러 같이 저녁을 먹으러 식당엘 다녀왔다. 오가는 동안 평소보다 많이 느리게 걸으셨다. 기운 없어 하는 엄마 팔짱을 끼면서도 감지하지 못했다. 집에 오자마자 화장실에 들어가셨는데 시간이 한참 오래 걸렸다. '배탈이 나신 걸까' 생각하며 기다리는데, 천천히 걸어오셨다. 그런데 방 문턱에 걸려 넘어지시는 거였다. 깜짝 놀라 부리나케 붙들었다.

"어허허~ 내가 왜 이러냐?"

민망해서 웃으시는 줄 알았다. 그대로 이부자리를 봐 드렸다. 그러다 순간적으로 이상한 예감이 스쳤다.

'이건 혹시?'

"엄마, 잠깐 일어나보세요."

불길한 예감이 그대로 적중했다. 일으켜 세우려고 등을 받쳐도 일어나질 못하고 미끄러지셨다. 아~ 순간 머리가 하얘졌다. 이미 왼쪽이 마비가 온 것이었다. 바들바들 떨리는 손으로 119를 불렀다. 기다리는 동안 수지침에서 배운 응급처치가 떠올라 소독한 바늘을 엄마 손가락에 찔렀다. 손끝에 피를 내면 뇌혈관이 터지는 걸

막아 사망으로 가지는 않는다는 말을 믿었다. 초를 다투는 긴박한 순간이었다. 다행히 골든타임을 지켰다. 주치의는 생명은 건졌고, 재활치료가 중요하다고 말했다. 나는 만사 제치고 재활에 매달렸다. 4남매인 우리 형제가 모두 나와 같은 생각일 줄 알았다. 그건 착각이었다. 엄마는 그날부터 골치 아픈 애물단지 취급을 받았다. 재활병원 수속을 밟다가 올케한테 "당신이 뭔데 나서냐고…….." 이유를 알 수 없는 항의 받고, 돌변한 올케와 싸우고 부딪치고, 엄마도 우울증을 겪었다.

"뭔 좋은 꼴 보겠다고 날 살려놨냐."

내가 경제력이 없는 게 너무 슬픈 현실이었다. 엄마가 모아 둔 얼마의 돈과 집을 팔아서라도 치료비로 쓰고 싶었다. 그것이 오빠네 심기를 건드린 것 같았다. 그해 가을, 명의를 돌려놓아 엄마의 집이라고 주장할 수도 없게 되어버렸다. 그래도 살아보자고 엄마를 다독이며 6년의 시간이 흘렀다. 5년째가 되던 해 고향의 요양병원으로 옮기면서 나는 안심했다. 형제들이 신경을 쓰기 시작하는 것 같았기 때문이었다. 그런데 내가 정기검진을 모시고 가는 것에 제약이 따랐다. 고향으로 옮기니 거리도 멀어졌고, 요양병원 관계자들이 아주 싫어했다. 몇 번 진행하다가 절차가 복잡해서 정기검진 날짜를 넘기게 되었다. 다 알아서 하니 이중 진료하지 말라는 오빠네 말을 따라 그만두었다. 그것은 두고두고 후회되는 일이 되었다. 재발 방지를 위해 주치의에게 꼭 정기검진을 받아야 하는데……. 방심한 내 잘못이 크다. 돌봐야 할 가족이 있는 다른 형제들은 다 사정이 있을 터였다. 싱글인 내가 살펴드려야 하는 게 당연히 맞는 것이었다. 다만 경제력을 갖춰야 했었다. 그동안 오르내리며 보살펴 드리느라 카드빚이 늘어났기 때문에 위기감이 들었다. 엄마를 모시고 살려면 돈을 벌어야 했다. 정기적인 수입을 위해 월급제로 취직을 하다 보니 시간이 자유롭지 못했다. 하루 만에 다녀오려면 왕복 10시간 정도를 도로에서 보내야 한다. 주6일 근무라 자주 내려갈 수가 없었다. 물론 날마다 하루에도 수시로 전화로는 케어를 했었다. 그런데 왔다 갔다 하려면 힘드니 한가할 때 오라던 엄마가 평소 때와는 다르게 부쩍 채근하기 시작했다. 엄마는 내가 올 때를 학수고대 기다리셨다. 돌아가시기 한 달 반쯤 전에 생신이었다. 엄마는 알고 계셨을까. 곧 세상을 뜨실 거라는 것을.

"보고자프다, 언제나 올 수 있었냐?"

"고렇게도 바쁘다냐, 우리 딸이 대한민국 돈 다 벌어 분께 비네."

"내 생일에는 꼭 올 거지? 너 안 오면 안 된다잉."

불편한 형제들의 관계였지만 가려고 했다. 엄마가 너무도 보고 싶었기 때문이다. 미리 시간을 조정해야 되는데, 별 연락이 없었다. 나는 생신 지나서 혼자 가야겠다고 마음먹었다.

이틀쯤 앞두고 오빠에게서 연락이 왔다. 그땐 이미 스케줄 조정이 어려웠다. 나는 못 내려갔다. 결국, 엄마는 크게 낙담하셨다. 나 혼자 빠진 생신 축하 사진에 엄마의 수심 어린 표정을 보니 마음이 아팠다.

"엄마 조금만 기다려요. 곧 내려갈게."

일하는 곳 사정상 계속 미뤄졌다. 결국, 여름휴가를 이용해서 가기로 날을 잡았다. 그러나 엄마는 기다려주지 못하시고 영원히 길을 떠나고 말았다. 내 생에서 무엇이 가장 중요한지를 놓치고 살았던 바보 중의 바보였다. 어떤 말로도 표현할 수 없는 슬픔. 나는 사는 의미를 잃어버렸다. 그날의 '마지막 생신'으로 돌아갈 수만 있다면, 엄마를 꼭 한 번만 안아 볼 수 있다면…….

두 번째는 십여 년 전으로 돌아가고 싶다. 피아노학원이 사양길에 접어들 무렵 수강생이 없어 한숨만 쉬고 있었다. 시간이 많았기에 독서 할 기회가 많았는데……. 3분 거리에 근린공원이 있었다. 종종 걷기 운동을 했다. 공원에는 도서관도 있었다. 유리창 넘어 독서 하는 사람들이 보였다. 나에게는 책 읽는 건 남의 일이었다. 소위 사서 자격증까지 있는 사람으로서 부끄럽기 짝이 없다. 그때 독서에 몰입했더라면 내 인생이 달라졌을지 모르겠다. 아마도 분명코 어떻게든 좋은 모습으로 달라졌을 것이다. 왜 그렇게 시간을 허비하며 어리석게 살았을까. 책 속에 사는 길이 있었음을 이제야 깨닫다니.

세 번째는 유튜브를 그때 시작했을 걸 하는 아쉬움이다. 페이스북과 블로그를 시작했지만, 비즈니스로 활용하는 방법을 몰랐다. 왜 하는지도 모른 채 시간만 낭비하다 말았다. 그것 역시 독서의 빈곤함에서 비롯되었을 것이다. 세상의 돌아가는 이치를 파악하는 능력이 없었던 것이다.

'만약에'라는 말이 무슨 소용이 있을까만. 만약 다시 그때로 돌아간다면, 적극적으로 팔을 걷어붙이고 창조적인 삶을 살아내고 싶다. 유튜브를 10년간 꾸준히 했다면 지금과는 분명 다른 모습일 것이다.

어찌 됐건 한번 떠나버린 시간은 붙잡을 수도 돌아오지도 않는 법. 다시 5년 후를, 10년 후를 후회의 눈물로 보내지 않기 위해 나는 지금 무엇을 해야 하는가. 의미 있고 가치 있는 일에 최선을 다하고 있는가.

나는 생각하고 또 생각한다.

03 조금 느려도 괜찮아 :

조카와 청계천을 걸었다. "고모, 이것 좀 봐요" 조카가 급하게 불렀다. 뭐 대단한 발견이라도 한 줄 알고 가리키는 발밑을 봤다. 어이없게도 지렁이였다. 밟혀서 납작해져 있었다. 27살 먹은 녀석이 유치원생처럼 지렁이를 보고 희열을 느끼다니. 어렸을 때 할머니랑 살아서 그런지 시골 정서를 아직까지 품고 있었다. 메뚜기, 미꾸라지, 지렁이, 달팽이, 사마귀 등을 장난감 삼아 좋아했던 아이였다. 조카와 연락된 지 1년 정도 되었다. 고모를 찾아주는 녀석이 고마웠다.

나 역시 어린 시절엔 자연이 놀잇감이었다. 논두렁에서 하루 종일 메뚜기도 잡고 개구리도 잡았다. 아버지 따라 4남매가 졸랑졸랑 주전자 들고 삼태기 들고 미꾸라지 잡으러 다녔다. 비 오고 난 뒤 장독대에 쪼그리고 앉아 달팽이 기어가는 것을 하염없이 바라보기도 했다. 그 느린 녀석을 세월아 네월아 보고 또 보았다.

내가 평생 들어 온 말은 느리다는 말이었다. 어렸을 때, 엄마는 내 별명을 "아이, 굼벵아", "이 삼천 늘보야"라며 놀려댔다. 느리지만 말썽 한번 안 피워서 크게 혼날 일은 없었다. 있는 듯 없는 듯 그저 순둥이었다. 느리다 보니 존재감도 없었다. 언제나 주목받지 못한 그림자형 인간이었다.

　세상은 급속도로 변하고 있다. 느림보 굼벵이가 바야흐로 21세기 '속도전'의 시대에 합류해 있다. 모든 게 너무 빨라 슉슉 지나간다. 어떻게 따라갈까. 앞날이 도무지 예측불허다. 모두가 저마다의 삶의 속도를 잘도 찾아 나서고 있다. 허나, 달팽이가 미꾸라지처럼 속도를 내다간 메말라 죽을지도 모른다. 나는 나만의 속도와 리듬을 유지해야 할 것이다.

　코로나19로 천천히 다가올 미래가 앞당겨졌다고 한다. 내가 반기든 안 반기든 선택의 여지도 없이 이미 언택트(untact) 세상으로 바뀌어버렸다. 언택트라는 말은 컨택트리스(Contact+less= Contactless) 즉, 비대면을 말한다. 이미 우리 생활 속에 깊숙이 들어와 있는 지금의 이런 비대면 상황은, 우리가 앞으로 살아갈 미래를 가장 압축적으로 나타낸 말이기도 하다. 이러한 비대면이 앞으로 경제를 이끌어 가는 축이 될 거라 해서 '비대면 경제'라는 용어도 나왔단다. 어렵고 골치 아픈 전문 용어지만 모른 채 외면할 수도 없는 일이다. 인생 후반전은 새로운 흐름에 주목하고 눈치껏 올라타야 하니까.

시니어들이 새로운 일을 찾을 때도 기존 개념에서 벗어나야 할 것 같다. 21세기 사업 환경에 맞는 진취적이고 잠재력 있는 미래지향적인 일을 해야 한다는 것이다. 이제 어차피 언택트 속에서 새로운 길을 찾아야 한다. 비대면 경제를 남의 일로만 여기지 않는 방법으로 SNS와 친해지는 방법이 있겠다. 나는 SNS와 연동하면서 스마트스토어를 운영할 예정이고, 유튜브 역시 계속 함께할 계획이다. 뭘 이것저것 정신없이 하느냐고 말하는 사람도 있다. 나는 나이를 한계 두지 않고 폴리매스(박식가, 박식한 사람)형 인간으로 살고 싶기 때문이다. 내가 하고 싶은 걸 하려면 컴퓨터와 친해져야 한다. 나이 타령을 하면 안 된다. 모르는 건 주저하지 말고 배워야 한다. 배우고 싶은 것은 인터넷과 유튜브 세상에서 웬만한 건 다 해결할 수 있다.

시니어에게 있어서 스마트스토어나 유튜브는 처음엔 성장이 더딜 수 있다. 3년 정도 끈기 있게 지속하면 안정적인 궤도에 올라선다는 견해가 많다. 어려운 초기를 노력과 정성을 들여 버텨내야 한다. 그러다 보면 반드시 성장은 하게 되어 있다. 작은 성장이 모여커다란 성공을 이룰 수 있다. 그런 다음 평탄 대로를 걸으면 된다. 포기하지 않고 계속 가기만 하면 큰 기회의 변화는 꼭 올 것이다. 나이 들면 변화의 폭이 점점 적어진다는 게 두렵기 마련이다. 코로나를 위기라고 한숨만 쉴 일이 아니다. 내 앞에 펼쳐질 기회로 삼아야 한다.

선택의 폭이 넓어지면 미래가 기대에 차고 생활이 활력 있어 질 수밖에 없을 것이다. 코로나19로 인해 역설적으로 기회가 앞당겨졌다고 하는 이유이다.

나의 유튜브, 스마트스토어, 블로그 모두 거북이보다 느린 걸음으로 걷고 있다. 슬럼프가 오기도 한다. 그렇지만 멈추지는 않는다.

천성이 느리지만 느리면 느린 대로 가볼 것이다. 느리게 가도 가고 있는 것이니까.

04 작가에 도전하다 :

2020년 3월에 유튜브를 보다 우연히 책 쓰기에 대해 알게 되었다. 나도 내 삶을 책에 담아보고 싶다는 강한 동기부여를 느꼈다. 내가 살아온 길을 기록하고 싶어졌다. 잘나서가 아니다. 성공스토리가 있어서도 아니다. 오히려 그 반대다. 다만, 내 삶의 이야기가 어느 누군가에게 도움이 된다면 그것 또한 가치 있는 일이라는 걸 알게 된 것이다.

켈리 최 회장이 〈파리에서 도시락을 파는 여자〉 책을 냈을 때 "일 년만 빨리 이 책이 나왔더라면 얼마나 좋았을까. 1억 빚 땜에 한강에 몸을 던진 친구를 위해 이 책 백 권을 다리 위에 놓고 싶다."라는 말을 들었다고 한다. '나만 힘든 줄 알았는데 다른 사람도 나와 다르지 않구나.', '저런 방법으로 고비를 잘 넘겼구나'라며 위안을 얻는 게 책이 주는 힘이라는 것이다. 글을 쓰고 책을 낸다는 것은 "나의 경험으로 타인을 돕는 일"이라고 이은대 작가가 늘 말하는 이유가 거기에 있었나 보다.

나는 글을 쓰는데 무척 게을렀다. 할 말이 없어 일기도 안 썼다. 아기를 낳고 길렀다면 육아일기는 썼을지도 모르겠다. 지금에 와서 가장 후회되는 건 엄마의 병상일지를 남겨 둘 걸 하는 것이다. 엄마와 나눈 가족사에 관한 많은 이야기들. 기억을 소환하고 싶어도 뚜렷하게 떠오르지 않아 답답했다. 기록을 한다는 것, 글을 쓴다는 것은 그때의 감정을 고스란히 간직하는 길이었다는 것을 이제 알았다.

나는 조용한 성격이라 말을 많이 하지 않는 편이다. 속상한 일이 있어도 표현을 안 하고 속으로 삭이고 만다.

"애, 내성적인 성격이 치매에 걸리기 딱 좋다더라."

"그래, 들었어. 나도 내 성격 바꾸고 싶다. 노력을 하지만 타고난 성격 바꾸기 쉽다던?"

성격 똑 부러지고 말 잘하는 친구가 말수 적은 나를 걱정했다.

수다를 '쓸모없음의 쓸모다'라고 말하는 걸 들었다. 오죽하면 〈수다로 풉시다〉라는 책까지 나왔을까. 나이 들어 치매와 우울증 안 걸리려면 수다가 좋은 약이 된다고도 한다. 나는 말주변이 없으니 글로 푸는 방법을 생각해보기로 했다. 물론 글 주변도 없지만 말이다. 다행인 건 고독력(고독을 당당하게 누리는 힘)이 길러졌다는 것. 사람과 마주하지 않고 나 혼자만의 수다를 떠는 데는 글이 편하다.

〈나는 말하듯이 쓴다〉 저자 강원국의 말 잘하고 글 잘 쓰는 법을 보니, "글을 잘 쓰고 싶으면 말을 잘해야 하고, 말을 잘하고 싶으면 글을 잘 써야 한다."고 한다. 그럼, 말주변 없는 나는 어찌하란 말인가. 뭐, 그렇다고 낙담만 하고 있을 수는 없잖은가? 내가 할 수 있는 만큼 말하고, 내가 쓸 수 있는 만큼 쓰는 수밖에.

글을 쓴다는 것은 치장하지 않은 나의 민낯과 마주하는 기분이 든다. 더욱이 책을 쓴다는 것은 발가벗고 길거리에 서 있는 것 같다. 40대 후반 즈음, 세한대 서울 캠퍼스 음악과 부전공 강의를 2년 맡았었다. 집세를 따로 들이지 않기 위해 학원에 딸린 방에서 살던 때였다. 9시 수업에 늦지 않기 위해 서둘렀다. 샤워하고 머리 말리고 단장하기 바빴다. 방을 정리할 틈이 없어 다녀와서 할 요량으로 방문을 닫았다. 아침밥을 먹기 위해 곰국을 데웠다. 수업 자료를 챙기며 시계를 보니 아무래도 촉박했다. 밥을 못 먹고 급하게 나갔다. 정오가 지나 수업 마치고 돌아오니, 건물 주인 할머니가 골목에서 서성거렸다. 나를 보더니 정색을 한다.

"아이구, 왜 전화를 안 받아유~ 소방차 두 대 왔다 간 거 알아유?"

하마터면 건물 다 태울 뻔했다고 목소리가 격앙됐다. 바로 윗층에 살던 할머니는 아래층에서 연기가 솔솔 올라오자 놀라서 뛰어내려왔단다. 학원에서 연기가 새어 나오자 급한 대로 유리창을 깨부수고 들어갔다고 했다. 온통 검은 연기로 가득 차긴 했지만, 다행히 불이 나지는 않았단다. 조금만 늦었으면 불이 붙을 뻔한 상황이었다. 어떻게 알았는지 소방차가 달려왔고, 다행히 화재로 이어진 것은 아니라서 확인하고 돌아갔다. 소방서는 3분 이내 거리에 있었다. 나는 얼굴이 확 달아올랐다. 주인 할머니 말이 귀에 들어오지도 않았다. 불날 뻔한 게 미안해서도 아니었다. 학원 내부가 길가에서 다 들여다보이는 상황 때문이었다. 블라인드로 가려 놓은 방문까지 열어 제쳐 놓아, 속옷이 널브러진 난장판인 방안이 정면으로 적나라하게, 훤히 보이고 있었다. 그 일이 있기 전엔 학생과 학부모는 비밀의 방이 있는지도 모르고 있었다.

"선생님, 저요. 쌤 방 다 봤어요."

"저기 침대도 있거든? 우리 들어가서 놀자."

유치부 아이들이 재미있어서 킥킥거리고, 나는 이미 통제력을 잃었다. 이럴 때 쥐구멍이 필요한가 싶었다.

글을 쓰고, 책을 쓴다는 것. 그때의 딱 그런 기분이 든다. 부끄러움과 수치감을 넘어설 만큼 대단한 용기가 필요하다. 그럼에도 써야 하는 이유는 무얼까. 글을 쓰면서 지나온 나의 삶을 객관적으로 바라보게 되었다. 상처와 아픔을 스스로 위로해주었다. 긴 세월 어떻게 잘 견뎌왔는지 기특해서 쓰다듬어주기도 했다. 작은 글자 하나하나에 정성을 쏟았다. 소박한 이야기가, 때론 남다른 경험이, 어느 누군가에게 위로와 치유의 수단이 되기도 한다는 것을 알았기 때문이었다. '내 삶을 글에 담아 세상을 이롭게 하는 책을 펴낸다.' 는 슬로건이 와 닿았다. '어느 한 사람에게라도 살아갈 이유를 찾아 주는 것' 이것이 목적이라는 자이언트 이은대 작가의 뜻에 깊은 공감이 되었다.

글을 쓴다는 것은 내 마음을 갈고 닦는 일이라는 걸 느낀다. 나이 들어도 맑은 정신을 유지할 수 있는 밑거름이 되는 것이다. 그동안 글을 쓰려는 생각을 안 했던 것은, 보여줄 누군가가 없다고 생각했기 때문이었다. 자랑삼아 말할 어머니도 안 계시고, 존경의 눈빛을 보내줄 자식도 없다. 나를 자랑스러워하고 보듬어줄 가족이 없으니 삶의 흔적은 남겨서 뭐 하겠나 하는 자괴감이 들었던 것이다.

허나, 이제는 생각을 바꾸었다. 자식 하나 안 남겼으니 글 한 줄이라도 써서 지구에 왔다 간 흔적 하나 남겨보자는 것이다. 내가 살아 온 경험 하나가 다음에 살아갈 어느 한 사람에게 도움이 될지도 모를 테니…….

글을 쓰기로 마음먹으니 비로소 나를 깊숙이 들여다보게 되었다. 나 자신과 수다를 떨기 시작한 것이다. 보잘것없고 형편없는 인생이었지만 여기까지 온 것만도 대견하다고. 참 잘 왔다고. 기특한 나에게 선물을 주어야겠다고 생각했다. 허나, 어떻게 책을 내야 할지 막막했다.

'초짜프로, 젊은 은퇴'의 유튜브 채널을 운영 중인 〈부장님 저 먼 저 은퇴 하겠습니다〉의 전규석 작가는, "책을 꼭 배워서 쓰라는 법 있습니까? 저는 온전히 혼자 힘으로 책을 냈습니다."라고 말했다. "내 생각과 내 가치관을 다른 사람과 공유하고 싶었죠." 퇴사 후 매일 아침 글을 쓰는 루틴으로 작가의 길로 들어섰다고 했다. 그는 자신의 경험을 나누고 싶은 마음에 0원으로 출판하는 방법을 진솔하게 설파하고 있다.

전규석 작가처럼 첫 책을 자기 혼자 힘으로 낼 수 있는 사람이 얼마나 될까. 대부분 방법을 몰라 궁금해 한다. 나 역시도 그랬다.

지난 가을에 8천만 원을 한순간에 날려버렸다. 내가 일하던 곳의 s기사의 꾐에 빠져 그의 손에 주식을 맡겼던 것이 문제였다. 3년 열심히 일해 모은 돈뿐만 아니라 마이너스 통장에 채워 넣어야 하는 액수가 감당이 안 되었다. 맨정신으로는 살아갈 수가 없었다. 불면증으로 날밤을 새우기 일쑤였고, 결국 정신과 치료를 받았다. 약을 먹으니 잠은 조금씩 잘 수 있었다. 현실이 막막하기만 했다. 그나마 다행인 건 생을 포기하지 않았다는 점이다. 자기 계발에 관한 유튜브를 중점적으로 시청했다. 북튜버의 추천 도서를 카드로 주문해서 미친 듯이 읽었다. 짧은 시간에 백 권 가량을 읽어 본 건 살면서 처음이었다. 그러다가 올해 3월에 '한책협' 특강 소식을 듣게 되었다. 책 쓰기를 도와주는 데 있어 달인이라는 분당에 있는 책 도사를 찾아갔다. 두더지처럼 이불 속에만 있다 5개월여 만의 처음 하는 외출이었다. 뭔가 할 일을 찾았다는 기대감으로 가득 차서 협회 문을 열고 들어갔다. 설렘은 바로 낙담으로 바뀌었다. 수강료가 거의 천오백만 원이었다. 돌아오는 발길이 무거워졌다.

다음날 강남의 다른 곳을 찾아갔다. 3백5십만 원이었다.

"주제를 정하셨나요?"

"책 좀 많이 읽고, 뚜렷한 주제가 정해지면 그때 오세요."

등록하려고 해도 받아 주지 않았다. 이렇다 할 성공스토리가 없어서 그런 것 같았다. 또다시 낙담한 채 발길을 돌렸다.

일단 책 쓰는 건 접고 독서량을 늘려야겠다고 생각했다. 며칠 후, 전화 한 통을 받았다.

"한번 방문해 주세요."

'누군데 나한테 이리 친절하게 연락을 해주지?'

한참 생각했다. 유튜브에서 책 쓰기 일일특강 영상을 보고, 별 기대 없이 책 쓰기 홈피에 연락처를 남겼던 게 어렴풋이 기억났다. 강의를 했던 대표라는 사람에게 직접 전화를 받으니 황송해서 얼른 갔다. 수강료는 550만 원이었다. 앞뒤 따질 것 없이 그냥 계약서를 쓰고 결제를 해버렸다. 12개월 할부로다가.

'8천만 원 날린 거에 비하면 이 정도는 가볍지?'

그게 말이 되는 비유이던가. 180만 원 실업급여를 받는 주제에 매달 카드 결제 금액이 100만 원이 훌쩍 넘는다니. '정신과 치료가 덜 되어 미쳤었나보다.' 후회 되었다.

지금 와서 이렇게 아까워하는 건 제대로 시도조차 하지 않고 돈만 날린 기분이 들었기 때문이다. 아니 시도를 해보긴 했다. 총 10회 중 3번은 갔었으니까. 원래는, 특강 영상에서 본 당사자인 대표가 직접 책 쓰기 지도를 하는 줄 착각하고 갔던 거였다. 계약 후에 보니, 세 개 반으로 나뉘어져 각 담당 선생이 따로 있었다. 난 그 중 토요반으로 배치가 되었다. 10회 차 중 세 번째 수업에 참석했을 때 잘렸다. 목차를 짜오라는 과제를 하지 않고 간 게 문제였다.

"다음에 준비됐을 때 하는 게 좋지 않을까요?"

선생이 그렇게 나오는데, 반 분위기를 흐리는 것 같아 끝까지 하겠다고 버티기가 어려웠다. 5명 중 나만 빠져나왔다. 기분이 우울했다. 돈을 물려 달라고 할 수도 없었다. 출판사는 보통 성공 스토리가 담긴 자기 계발서를 선호한다고 했다. 에세이에 관심 있는 나는 고민이 되었다.

그러다가 미친 짓을 한 번 더 저질렀다. 100만 원에 책 쓰기 하는 곳을 우연히 알게 된 것이다. 마이너스통장에서 또다시 현금을 꺼내 결제했다. 미칠 때는 아예 확실히 미쳐보자는 배포였다. 해볼 것 다 해봐야, 더 이상 미칠 게 없을 때가 오겠지. 그런데 이번에는 뭔가 달랐다. 마음이 편안한 게 제대로 찾아갔다 싶었다. 그동안 마음 고생하고 돈 날린 거, 다 보상받은 기분이 들 정도였다. 10회로 한정하지도 않고 한번 등록하면 평생 같이 가는 시스템인 것도 맘에 들었다. 평생 친구를 해주겠다니 얼마나 고마운지 모르겠다.

　5월에 오프라인으로 3주 강의를 들었다. 코로나19로 비대면 강의로 바뀐 후에는 일주일에 두 번 줌으로 만났다. 줌은 또 다른 재미가 있었다. 오프라인 강의실에서와 다르게 수강생들의 표정을 하나하나 살펴볼 수 있었다. 아는 사람이 왜 안 들어오나, 어떤 수강생은 너무 예뻐서 한 번 더 보고, 리액션이 강렬해서 눈길이 가고, 아이들이 뛰어다니는 배경이 흥미로워서 미소 짓고, 열심히 강의하는 선생님 몰래 딴짓 하는 묘미가 있었다. 한번은 정규 수업, 한번은 서비스로 제공되는 '문장 공부' 시간으로 진행되었다. 반복해서 듣다 보면, 글을 써야하는 동기부여가 생겼다. 정규 커리큘럼은 형식상 한 달 단위로 진행되었지만, 평생 수강이 가능했다. 예비 작가의 초고 중 한 문단을 추려 즉석에서 다듬는 과정을 보여주었다. 헌 옷이 새 옷으로 바뀌듯, 경이롭기까지 했다. 헤밍웨이가 〈노인과 바다〉 초고를 600번 고쳐 썼듯이 문장에 정해진 답이란 없다고 한다. 백여 명이 같이 호흡하며 실시간 윤문 과정을 보는 재미가 쏠쏠했다. 내가 쓴 문장도 한번 선택되었다. 그때는 기분이 또 달랐다. 드라마 보듯 즐기다 보면 어느 순간 글쓰는 실력이 향상되어 있음을 느꼈다.

작가란, 매일 글을 쓰는 사람이라고 했다. 한 줄이든 한 페이지든, 글을 쓰는 습관으로 하루를 시작하고 마무리한다면 어쨌거나 작가인 것이다. 나는 굼벵이 기질인지 선뜻 시작을 못 했다. 계속 뭉그적대다가 8월이 거의 지날 즈음에야 초고 쓰기에 첫발을 내밀었다. 쓰다가 막히고, 슬럼프가 올 때면 주저앉았다. 그러다가 또 일어나 마음을 다잡았다. 이은대 작가가 끊임없이 동기부여를 해주었다.

"그래, 한번 끝까지 가보는 거야."

글쓰기를 시작하니 변화가 생겼다. 일단 우울감이 많이 사라졌다. 돈을 잃었다는 억울함에 집중할 겨를조차 없었다.

평소에 무심코 지나쳤던 것들이 무엇인가를 의식한 후부터 새롭게 보이기 시작한 경험을 '컬러 배스 효과(color bath effect)'라고 하듯이, 생각이 온통 글감으로만 연결되었다.

이렇게 작가의 길에 도전장을 내밀었다. 성공 스토리가 있어서 책을 쓰는 것도 아니었다. 실패만 거듭한 보잘 것 없는 인생이지만, 60평생 '여기까지 오느라 참 애썼다'라는 기특함도 있지 않은가? 지금 내가 여기 존재하는 이유는 아직 할 일이 남아서일 것이다. 그할 일은 글을 쓰고 작가가 되는 일일지도 모르겠다. 누구 한 사람이라도 내 이야기에 공감해준다면, 누군가 단 한 사람이라도 내 이야기에 위로가 된다면, 그 또한 가치 있고 내가 사는 의미라 생각하니 가슴이 뛴다. 그런 소명 의식을 안고 나는 오늘도 글을 쓰고 있다.

05 꿈꾸기에 늦은 나이는 없다 :

"그대의 마음속에 식지 않는 열정을 지녀라. 비로소 그때 당신의 인생은 빛날 것이다."

-괴테

평소 내가 좋아하는 명언이다. 이 문장에서 나이를 제한하는 말은 없다. 열정이 있는 동안은 늙지 않고 빛날 것이라는 뜻으로 와닿았다.

'죽기 전까지 무엇을 하기에 늦은 나이란 없다'고 한다. 121세의 나이를 기록한 이화례 할머니가 증명해주듯이 잘하면 100세를 누릴 수 있는 시대가 된 것 같다. 그렇다고 누구나 아무렇게 살아도 100세를 보장하는 것은 아니다. 내가 100세에 다다를지 아니면 그보다 일찍 죽을지는 알 수 없는 일이다. 그러니, 오늘 맞이하는 하루는 그만큼 소중하다. 만약, 운 좋게 몇십 년을 더 산다고 한다면 나는 지금 무얼 해야 할까?

98세에 석사학위를 딴 중국의 자오무허 씨나 75세에 박사학위를 받았다는 김정희 씨를 보면 감탄이 나온다. 그들을 보며, '나도 70을 넘기 전에 중단했던 대학원 공부를 마쳐볼까?' 학구열이 치솟기도 한다. 앞선 사람들의 행보는 푸른 신호등이 되어 '가도 되는 길'이라고 안내해 주는 것 같다.

사십 초반에 대학원에 다니려고 하니 주변의 시선이 곱지 않았다.

"에고, 그 나이에 대학원은 가서 뭐 한다냐?"

"그냥 돈 많은 남자나 만나서 살지 그러니."

당시, 나는 지방의 조그만 여대에서 평생교육원 강사로 출강 중이었다. 성인반을 위한 피아노 반주법을 가르쳤다. 주 이틀밖에 안되었지만, 수강생과 만나는 그 시간이 행복했다. 주로 주부들이었다. 주부이면서 교습소를 운영하는 사람도 있었다. 그들에게 뭔가를 전달해줄 수 있다는 것만으로 뿌듯함이 느껴졌다. 주어진 강의 시간을 마치고 나면 밥을 사주겠다는 수강생도 있었다. 종종 몇몇이 모여 분위기 있는 식당에서 밥 먹고 차도 마셨다. 그때 만난 수강생이 친구로 이어지기도 했다.

공부를 못했다고 아쉬워하는 어느 주부에겐 용기를 주기도 했다.

"사십이 뭐가 늦었다고 그래요. 얼마든지 하면 되지."

그 주부가 통신대학을 다니도록 격려했다. 입학하는 그의 모습을 보게 되었을 때 뭉클하고 흐뭇했다. 어찌 보면, 나는 뚜렷한 목적

같은 것도 없었다. 그냥 그 정도로 만족스러워했을 뿐이다. 하지만 '그 정도'를 유지하기엔 학력이 부족하다는 것을 알게 됐다. 학과장이 석사를 요구했다. 부족함을 보완하기 위해 중앙대 예술대학원에 입학했다. 허나, 학비가 너무 많이 들었다. 감당이 안 되었다. 아이들 몇 명 맡아 출장 레슨 만으로 생활하고 있던 참이었다. 한 학기 다니고 휴학, 또 한 학기 다니고 휴학을 반복했다. 5학기 중 4학기 마치고 아직까지 휴학 중이다. 평생교육원 6년 반을 출강하고 그만 두었다.

수강생 주부에겐 꿈을 가지라고 해놓고 정작 나 자신은 흐지부지 방황만 한 것 같아 부끄럽다. 돌아보니 한참 젊은 날이었는데 '이제 더 해서 뭐 하나' 한계를 그었던 내가 어리석었다.

그럼 도대체 꿈을 꾸기에 적당한 나이는 언제일까? 지금은 너무 늦은 건 아닐까? 매번 이런 고민으로 주저하고 있을 일인가. 아닌 것 같다. 언제나 꿈을 꾸기에 적당한 나이이기 때문이다. 그건 바로 '지금' 이 시간이다.

어쩔 수 없이 내가 지닌 육십이란 나이가 버겁게 여겨질 때가 있다. 그럴 땐 최면을 건다. '요즘엔 살아온 실제 나이에서 20을 뺀다고 그러던데……. 그럼 나의 정신연령은 40이다. 야호! 얼마든지 뭘 해도 좋을 나이잖아.' 생각하니 기분이 참 좋다.

꿈꾸기에 늦은 나이는 없으니까. 육십 년을 걸어와 지금 이 자리에 서 있는 자체만으로도 기적임을 느낀다. 선물 받은 인생 2막이 이제 다시 시작이다.

변화하는 시대를 바라보는 건 재미있다. 라디오 하나 붙들고 온 가족이 연속극을 듣던 어린 시절을 보내고 이제는 인공지능 로봇과 견주며 살아가야 하는 시대를 함께하고 있다. 사라지는 직업도 많고 새로 생겨나는 직업도 많다.

나는 호기심이 많아서 그런지 해보고 싶은 것도 참 많다. 어릴 땐 음악이 좋아서 음악을 공부했고, 시가 좋아서 시를 써보기도 했다. 지금은 유튜버와 블로거를 꾸준히 함께하고 싶다. 돈을 벌기 위해 오픈마켓도 운영할 계획이다. 내 이름으로 출간된 저서로 작가 반열에 오르고도 싶다. 아직은, 하고 싶은 것이지 모두 전문적이지는 않다. 중요한 것은 시도하고 있다는 점이다. 인정받을 수 있을 때까지 고지를 향해 뛰어볼 생각이다.

"뭐 한 가지만이라도 제대로 좀 해라."

설사 남들이 이렇게 말하며 비난할지라도 나는 흔들리지 않을 것이다. 남의 시선에서 벗어날 자유를 선택했으니까 말이다.

목표가 명확해야 이루는 길도 명료하다. 나이가 들었다고 속절없이 늙어가는 사람이 있는가 하면, 알차게 익어가는 사람이 있다고 한다. 나는 어떻게 잘 익어갈까. 어제보다 나은 내일을 위해 꿈을 꾼다는 것. 생각만으로도 설레고 가슴이 뛴다.

06 1인 지식기업 시대 :

노후의 3대 불안 요소가 돈, 건강, 외로움이라고 한다. 이 세 가지 불안을 해소하는 최선의 방법이 '일'이라는 것이다. 돈을 버는 일이든, 사회공헌에 관한 일이든, 뭐든 해야 한다는 뜻이다. 문제는 제대로 된 직업을 찾기가 만만치 않다는 것이다. 젊은 층들이 하지 않는 허드렛일 정도는 좀 수월하게 차지가 될까.

4년 전쯤 아담한 관광호텔에서 주방 일을 한 적이 있었다. 손님을 위한 조식이 주 임무였고, 직원들 점심을 챙겨주는 일이었다. 직원들은 프런트에 5명, 룸 메이드에 6명, 세탁실 1명 정도였다. 프런트 직원들은 주로 한국 사람이었고 룸 메이드 즉 청소팀은 주로 중국에서 온 사람들이었다. 간혹 몽골 쪽도 있었지만, 중국에서 온 사람들과 얘기를 해보면 거의가 정년퇴직하고 온 경우가 많았다. 경찰공무원도 있었고 고등학교 교사였던 사람도 있었다. 서로 연줄이 닿아 한국에 오면 호텔 청소 일을 도맡아 하다시피 했다. 부부가 와서 호텔에서 먹고 자면서 일을 하니 따로 주거비도 들지 않아 3, 4

년 열심히 모아서 중국 청도에 아파트를 몇 개 갖고 있다고 자랑했다. 우리나라 사람들은 좀 꺼려하는 직업이지만 체면만 벗어던지면 60대 후반까지는 몸을 움직여서 일할 곳은 많다.

나는 그때 처음으로 빡세게 몸을 움직여 일을 해봤다. 주어진 시간에 요리를 준비하고, 손님이 식사할 수 있도록 세팅을 해놓는 것이다. 평소에 정적인 일만하고 살아서 그런지 마음과 다르게 도무지 손이 빨리빨리 움직여지지 않았다. 시간에 맞추지 못할까 봐 진땀을 흘렸다. 17개월 정도를 하고 나니 군대라도 갔다 온 기분이다. 동작이 제법 빠릿빠릿해졌다. 서투른 솜씨를 눈감아 주고, 틈틈이 와서 팔 걷어붙이고 도와준 회장 부인이 고마웠다.

혼자만 밥 먹고 산 세월이 20여 년, 누군가 내가 해준 밥을 맛있게 먹어준다는 게 참 신기했다. 결혼생활 중에도 밥을 같이 맛있게 먹었던 기억이 없었기에. 과연 '내가 해준 밥을 누가 먹을까!' 갸우뚱하면서. 그 긴 시간을 버텨냈다는 게 대견스럽다. 유튜브로 검색해서 레시피를 찾을 수 있으니 겁날 게 하나도 없었다. 요리를 완성했을 때 재미와 보람이 느껴졌다. 뭐든 하면 된다는 또 하나의 자신감을 얻었다.

다양한 요리를 하는 즐거움도 있었으나, 식당 일을 하며 노후를 보내고 싶지는 않았다. 운동한다 생각하고 재밌게 일을 했지만, 육체노동의 한계는 있었다. 낮은 보수로 시간의 자유를 박탈당하는 것이 가장 큰 이유이기도 했다.

그런 면에서 '1인 지식기업'이 답이라는 생각이 들었다. 내가 하고 싶은 것을 하면서 시간을 자유롭게 배분할 수 있기 때문이다. 1인 지식기업으로는 프리랜서와 개인사업 등의 종류가 다양하다. 그 중에 가장 흥미를 끈 건 유튜브였다. 유튜브를 발견한 건 유레카였다. 유튜브는 종합예술이라는 생각이 든다. 유튜버의 다양한 정보를 들여다볼 수 있고 그 사람의 인생철학이 오롯이 담겨 있어 흥미롭다.

귀농해서 우연히 유튜브를 시작했다는 어느 60대 유튜버는 "외로워서 이웃에 마실 가곤 했는데 눈치가 보이더라구요. 또, 2년 전에 아픔과 상처받는 일이 있었는데 유튜브를 하면서 싹 치유가 되었어요. 영상 찍고 편집하느라 하루가 어떻게 지나가는지 모를 정도예요. 전에처럼 우울감을 느낄 새도 없이 시간이 재밌게 잘 가요. 50대뿐만 아니라 70대분들까지도 유튜브에 도전해봤으면 좋겠어요."라고 말했다.

행복한 미소를 지으며, "여러분도 해보시라"며 적극 권하는 모습에 자신감이 넘쳐 보였다. 취미로 했는데 돈도 되니 일거양득이라고 했다. 노년에 따라오는 외로움을 물리칠 수 있는 가장 특효약이라는 것이다.

코로나19의 팬데믹 현상으로 언택트 시대가 되었다. 앞으로는 사람과 사람이 직접 접촉하지 않고 모든 서비스를 비대면으로 하는 업종이 부상할 것이라고 한다. 예를 들면, 로봇으로 대체되는 무인 시스템으로 바뀐다는 것이다. 뉴스 등 보도 매체에서 앞다투어 다루는 내용은, 코로나 이후의 삶의 핵심은 언컨택트 시대라는 것이다. 즉, 1인 창업에 대한 중요성을 말해주고 있다.

시대가 너무도 빠르게 변하고 있다. '무슨 일을 해야 하나' 막막한 생각이 드는 중장년층들이라면, 1인 기업으로 그냥 유튜브를 해보는 것도 좋겠다는 생각이 든다. 점점 유튜브가 대세 키워드로 떠오르고 있기 때문이다.

채널 운영을 잘해서 크게 성장하면 수익이 발생하게 된다. 많은 사람들이 유튜브를 시작하는 이유이기도 할 것이다. 유튜브 수익 구조는 한 두 가지가 아니다. 단순히 광고에서 얻어지는 수익만이 다가 아니다. 팔방미인제이TV는 중년여성에게 코디하는 법을 알려준다. 부담 없는 가격에 퀄리티가 높은 의류를 소개하면 반응이 뜨겁다. 자연히 판매로 이어진다. 밴드와 연계해서 제품 가격을 올리면 구독자는 구매를 한다. 채널이 커지면서 얻게 되는 성취감도 있지만, 자신이 하는 일과 연계해서 시너지 효과를 낸다면 일거양득이 아닐 수 없다. 그 외 다양한 곳으로부터 러브콜이 쇄도하기도 한단다.

"시니어 모델이 되어달라고 연락이 왔어요."

"성형외과에서 각종 시술을 무료로 해주겠대요."

"성공 스토리를 책으로 출판하자는 요청이 오기도 했어요." 등등 수익구조는 헤아릴 수 없이 많다고 한다.

2018년 가을, 베이비시터를 하며 일주일에 한 번 쉬는 날은 집에 왔다. 돌아가신 엄마 생각이 나서 서러움이 북받쳤다. 일하느라 참 았던 울음을 실컷 토해내고 나서, 나를 위로해 줄 누군가를 만나러 유튜브 속으로 빠져들었다. 친구가 보내준 황창연 신부의 영상 하 나가 계기가 되었다. 비슷한 내용의 시리즈를 보고 또 보았다.

그러던 중 추천 영상이 떴다. '김새해'라는 30대 유튜버가 자신이 힘들었던 어린 시절을 얘기하며 눈물을 흘렸다. '남들은 감추고 싶 어 할 수도 있는 이야기들을 저렇게 솔직하게 대중 앞에서 말할 수 도 있구나' 신선한 감동과 함께 푹 빠져들었다. 젊은 친구 채널에서 힐링과 함께 나름대로 살아갈 에너지를 얻었다.

자신의 상처를 온전히 드러내 보이면서 다른 사람을 위로하는 모 습에 묘한 흡인력이 있었다. 돈에 대해서 스스럼없이 예찬하는 모 습에는 좀 충격을 받았다. 나는 노골적으로 '돈이 좋다, 돈을 많이 벌어야 한다.'라는 말을 못 하고 살았기 때문이다. 왠지 돈을 많이 벌고 싶다고 입 밖으로 떠벌이면 격 떨어지지 않을까 싶었다. 자라 면서 어른들이 돈을 터부시하던 말이 각인되어 영향을 미쳤던 것 같다.

'요즘 젊은 사람들은 참 야무지고 똑똑하게 사는구나' 부러운 마음과, 부자가 되어야 한다고 다부지게 외치는 당돌함에서 어쩔 수 없이 세대 차이를 느낀다.

채널과 함께 그녀가 눈부시게 성장하는 모습을 쭉 지켜보았다. 아울러, 북튜버 뒷 광고 논란으로 타격을 받는 모습도 보았다. 정직, 신뢰성이 얼마나 중요한지를 깨우쳐주었다. 유튜버들이 타산지석으로 삼아야 될 것 같다는 생각을 했다.

비슷한 시기에 '단희TV'를 만났다. 단희쌤은 50대여서 또 다른 친근감이 있었다. 그리고 메시지를 전달하는 능력이 간단명료하며 탁월했다. 인생 2막에서 1인 지식기업가가 되어야 한다는 주장을 일관성 있게 펼치고 있었다. 한편의 영상이 누군가의 인생을 바꿀 수도 있다는 것을. 가치 있는 영상을 만드는 훌륭한 사람들이 있다는 것에 감사했다.

chapter 5

열정에는 나이가 없다

스스로 나이를 조절할 수 있다면 얼마나 좋을까. 어느 방송에서는 '오래 살고 볼 일'이라는 프로를 통해 시니어 모델 오디션을 진행하는데, 70대가 도전하는 걸 보면서 놀라웠다. 게다가 믿기지 않을 만큼 젊어 보였다. 그들은 아마도 자신의 희망 나이를 3, 40대쯤으로 설정해 놓지 않았을까 싶다.

시대적인 변천사를 통해 사람마다 얼굴도 달라지는 것 같다. 물론, 동시대를 살고 있다 해도 모두가 똑같이 젊은 나이대를 누리는 건 아니다. 자신이 어떤 모습으로 살 것인가에 대한 설정에 따라 달라지지 않을까 싶기도 하다. 스스로 노력 여하에 따라서 젊어지기도 하고 어쩜 나이보다 더 늙어 보이기도 할 것이다.

보디빌더 임종소 씨는 달력 나이로 볼 때는 76세 할머니라고 불러야 하지만, 얼굴이나 몸 근육은 도저히 할머니로 보이지 않았다. 아무런 정보 없이 임종소 씨를 만난다면 당연히 40대쯤으로 볼 것이다. 젊은 생체나이 모습은 임종소 씨 자신이 노력해서 얻은 모습일 것이다.

이처럼 살아온 달력 나이를 생체 나이로 덮어버릴 수 있는 데에는 생각이 크게 작용했을 것이다.

시니어란 말을 50대 초반에 처음 들었다. 사회공헌 프로그램에 참여했을 때였다. 모집 안내문에 '만 50세 이상 시니어'라고 되어 있었다. '칫, 무슨 시니어야.' 나를 그들 마음대로 시니어 군단에 밀어 넣어버리는 강제성에 저항감이 들었다. 사회에서 규정하는 나와 내가 생각하는 나라는 존재 사이에 괴리감이 크게 느껴졌다. 나만 그런 건 아니었다. 나보다 2살 아래 동기는 만 50세가 된 지 며칠밖에 안 된 터였다.

"내가 벌써 시니어라니 적응이 안 되어요. 오호호."

묘한 표정에 어색한 웃음을 지었다.

또래들이 웃음 소재로 삼던 콩트 하나가 떠오른다.

뽀빠이 이상용이 어느 날 사슴 목장을 찾아가서 목장 주인에게 물었다.

"어르신! 이 농장에서 키우는 사슴이 몇 마리쯤 되나요?"

"289마리."

"어르신 연세가 어떻게 되시는데 그렇게 정확하게 기억하세요?"

"내 나이? 80이 넘은 것은 분명한데, 끝자리는 잘 모르고 살아."

"아니, 사슴 숫자는 정확히 아시면서 어찌 본인 연세는 정확히 모르고 사십니까?"

"그거야 사슴은 가끔 훔쳐 가는 놈이 있으니 매일 꼼꼼히 세어 보지만, 내 나이야 훔쳐 가는 놈이 없으니 그냥저냥 살지 허허허."

일상에서 접하는 흔한 유머로 치부하기엔 진한 여운이 남는다. 내 나이를 사슴으로 위장해서 훔쳐 가게 하는 방법이 있었으면 좋겠다.

젊게 사는 방법 중 하나는, 사회적 네트워크를 구축하는 것이라고 한다. 친구든 친척이든 주변 사람들과 소통하는 것이 좋다고 한다. 유튜브 역시 소통할 수 있는 통로가 된다.

"아코디언은 안 하시나요? 요즘 통 안 올라오네요."

"스마트스토어는 잘 되고 있나요? 저도 관심이 많은 분야라서요."

십만 명이 넘는 구독자를 보유하고 있는 유튜버가 나 같은 피라미 유튜버에게 댓글을 달아주니 놀라웠다. 우리나라도 아닌 뉴질랜드에 있는 유튜버였다. 미국에 사는 70대 유튜버도 내 영상을 보며 이것저것 조언을 해주었다.

"응원합니다. 말소리를 좀 빠르게 하면 좋을 것 같아요."

"그렇게 힘든 일이 있었군요. 힘내세요. 영상 잘 보고 있습니다. 길이를 10분 이내로 하면 어떨까요."

관심 있게 지켜봐 주는 유튜브 친구가 있다니 힘이 났다. 구독자도 많아 아쉬울 것도 없을 것 같은데 바쁜 시간 내서 영상을 봐주고 조언까지 곁들이니 감동적이다. 서로에게 도움이 되고 배울 점도 찾는다. 지적받은 부분은 바로 반영을 하고 개선을 하도록 노력했다. 오랜만에 전화를 한 지인이 영상 퀄리티가 몰라보게 좋아졌다며 칭찬을 했다. 꾸준히 하다 보니 알게 모르게 발전하는 모양이다.

유튜브가 있는 세상에서 노후를 맞이할 수 있으니 얼마나 행운인가. 문명의 이기를 만나지 못했던 옛날에, 긴 곰방대만 화로에 톡톡 치던 이모할머니 모습이 떠오른다. 겨울이면 거의 방안에서만 지내니 얼마나 심심했을까. 지금의 코로나 시대도 집에 갇혀 지내다시피 한다. 신기한 건 방 안에 있어도 세계 어느 곳이든 소통을 한다는 것이다. 답답할 겨를이 없다. 이렇게 재미난 세상에 살고 있으니 고맙기 그지없다.

유튜브가 내 미래의 이정표가 되어주고 있으니, 우울하고 힘든 코로나 시국이라 해도 헤쳐 갈 수 있는 힘을 얻는다.

02 인생 5분의 위대함 :

왠지 느리다는 것과 무기력은 닮아있는 것 같다. 천성이 느린 편이었다. 민첩하게 움직이는 사람을 보면 딴 세상 사람 보는 것 같다. 한편 부러우면서 한편으로 정신없어 불편하다. 행동이 굼뜨다 보니 생각도 느린 것 같다.

게으르면 노화가 빠르다는 말이 있다. 느림과 게으름은 어떤 차이가 있을까 궁금하다. 나는 느림에 해당 될까 게으름에 해당 될까. 느리고 게으르면 자칫 무기력증에 빠질 수 있다. 신체를 활발히 움직이고 뇌도 부지런히 움직여 줘야 퇴화를 막는다는데. 노화의 조건을 다 가지고 있다니 걱정이 되기도 한다.

이제라도 바꿔나가야겠다. 자칫, 무기력에 빠지지 않으려면 한 템포 만이라도 올려봐야겠다. 나이가 든다고 뇌도 당연히 따라 늙는 것은 아니라고 하니 참 다행이다. 오히려 젊어지기까지 한다니, 나이 듦을 두려워할 일만은 아니라는 생각이 든다. 그러니 다가올 노후가 얼마나 흥미진진한가.

보통 인생 후반전을 탄탄히 하기 위해 책을 읽고, 일기를 쓰고, 적절히 운동하는 것을 기본 요소를 꼽는다면, 나는 거기에 하나 더 유튜브 크리에이터를 추가하고 싶다. 자신만의 유튜브 채널이 있다는 건 상당히 매력적인 일이다. 세상에 단 하나뿐인 나의 영상이 하나씩 쌓여가는 즐거움이라니……

느리고 망설이길 잘하던 예전의 나를 생각하면 지금의 행동은 획기적인 변화이다. '생각을 바꾸면 행동이 바뀌어지고, 행동을 바꾸면 습관이 바뀌고, 습관을 바꾸면 운명이 바뀐다.'고 하니 새롭게 내 운명을 개척해 나아가야겠다.

마트에서 알바 하던 평범한 주부가 유튜브 시작하면서 인생이 완전히 달라진 걸 봤다. 행동으로 옮겼기 때문이다. '내가 그걸 어떻게 해.' 끝까지 시도하지 않고 남들이 하는 것을 구경만 했더라면 지금의 30만 구독자를 만날 수 있었을까. 처음에 어설펐던 분위기는 온데간데없고 세련되고 전문가 느낌으로 완전 바뀌었다. 처음은 미미하지만 시간이 지날수록 완성되어가는 모습을 보면서 역시 꾸준히 한다는 것의 힘을 새삼 느끼게 되었다.

만약에 나에게 주어진 시간을 알 수 있다면 그래도 게으름을 필수 있을까. 살 수 있는 시간이 단 하루밖에 안 남았다면 그래도 느긋한 마음으로 시간을 보낼지 의문이다. 그런데 하루도 아니고 단

5분밖에 시간이 없다면 그 절박함을 상상이나 할 수 있을까.

28세의 한 청년이 반체제 혐의로 붙잡혀 사형대 위에 서게 되었다. 사형집행관이 말했다.

"사형을 집행하기 전 마지막 5분을 주겠다."

단 5분이라는 말에 청년은 절망했다.

'내 인생이 이제 5분 뒤면 끝나는구나. 이 5분 동안 무엇을 할 수 있을까?'

사랑하는 가족과 동료를 생각하며 기도를 했다. 집행관은 2분이 지났음을 알렸다.

'난 왜 그리 헛된 시간을 살았을까? 다시 인생을 살 수만 있다면……'

후회가 스칠 때 집행관은 마지막 1분을 알렸다. 사형수는 두려움에 떨었다.

'매서운 칼바람도, 맨발로 전해지는 땅의 냉기도 이제 느끼지 못하겠구나.'

청년은 생의 소중함을 깨닫고 눈물을 흘렸다. 멀리서 탄환을 장전하는 소리가 들렸다.

'아, 이제는 죽는구나.'

바로 그 순간,

"멈추시오! 형 집행을 멈추시오!"

한 병사가 소리치며 형장으로 달려왔다. 사형 대신 시베리아로 유배를 보내라는 황제의 전갈이 도착한 것이다. 죽음의 문턱까지 갔다가 돌아온 이 사형수는 바로 러시아의 대문호 '도스토예프스키'이다.

4년간의 유배 생활을 마친 후 돌아온 그는, 인생은 '5분의 연속'이란 각오로 글쓰기에 매달려 불후의 명작들을 남겼다고 한다.

내가 그리도 하찮게 흘러 보냈던 5분이다. 사형수의 5분이 되어 생각하니 1분 1초가 십 년처럼 느껴진다. 도스토예프스키의 일화를 통해 매 순간 절실함을 가지고 살아야겠다는 생각을 하게 된다. 5분이라는 시간이 생애 마지막인 것처럼 최선을 다한다면 어떤 결과가 기다릴까.

내가 살아온 날보다 앞으로 살아갈 날은 분명히 짧을 것이다. 5분이란 시간이 주는 무게감이 다르게 느껴질 수밖에 없다. 그러니 오늘 나에게 주어진 5분이란 시간이 더욱 소중하고 고맙게 다가온다. 남은 생애 살아가는 동안이 '5분의 시간'을 잊지 않으려면 어떻게 해야 할까 생각해본다. 하루 5분씩이라도 책을 읽어야겠다. 하루 5분이라도 집중해서 글을 써봐야겠다. 하루 5분 만이라도 관계가 소원했던 지인에게 전화하는데 써보아야겠다. 그동안 놓치고 살았던 것을 찾아내어 '5분의 시간'을 할애해야겠다.

유튜브를 기획하고, 영상을 만드는 작업 또한 '5분'을 충실하게 사는 방법이라 생각한다. 콘텐츠를 연구하기 위해 공부의 끈을 놓지 않을 것이기 때문이다. 끊임없이 나 자신을 업그레이드하는 자동시스템이니 이보다 더 긍정 효과가 있을까 싶다. 5분의 연속성을 오롯이 행동하며 살아가다 보면, 삶의 밀도를 더욱 높이는 계기가 될 것이다.

03 목표가 있으면 매일이 즐겁다 :

아는 언니와 몇 년 만에 통화를 하게 되었다.

"언니도 손녀딸 돌보는 에피소드를 영상으로 만들어 봐요. 재밌을 거예요."

"너 그 유튜브라는 거 하나? 난 관심 없다. 뭐 꼴랑 돈도 안 된다드만 뭐할라꼬 그딴 건 하노."

70대에 들어선 이 언니는 사업 실패한 딸의 뒤치다꺼리에 지친 기색이었다. 뭐든 현실적인 성향인 그 언니에게 유튜브에 취미를 가져보라 권했지만 언니는 크게 관심을 보이지 않았다.

40대 독거 노총각의 브이로그가 큰 인기를 끌고 있길래 들여다 봤다. 세대 차이일까. 왜 그렇게 열광하는지 나로선 잘 모르겠다. 그런데 가식 없이 드러나는 그의 일상과 독특한 말투가 묘하게 끌어당김이 있었다. 그 중 외할머니를 만나고 오는 영상이 감동적이었다. 총각의 엄마는 돌아가셨다고 한다. 89세 된 외할머니도 돌아가시기 전에 영상에 담아 놓고 싶었다고 한다. 이렇듯 가족과의 추억을 간직하고 싶어 유튜브에 영상을 올리는 경우도 많이 있다.

노총각의 댓글에는 "할머니 살아계실 때 가족 이야기 많이 찍어놓으소. 저는 6.25 참전용사이셨던 아부지가 30년 전에 돌아가셨는데, 목소리라도 녹음 안 해놓은 게 아주 많이 후회 됩니다."라는 글이 있어 뭉클함을 느꼈다. 많은 사람이 공감하며 영상에 응원을 보내주는 데는 다 이유가 있는 것 같다.

나는 유튜브를 좀 더 일찍 시작하지 못한 것이 사무치게 후회된다. 엄마가 살아 계실 때 영상으로 남길 생각을 왜 못했을까. 일 년만 더 일찍 유튜브를 시작했더라면. 엄마가 요양병원에서 노래자랑하던 모습, 기억을 잊지 않으려 열심히 글씨를 쓰던 모습, 외출을 허가받고 드라이브하며 외식했던 모습, 고향 집에 들러 손때 묻은 장독을 어루만지던 모습 등등. 보고 싶을 때 언제든 꺼내 볼 수 있는 영상이 있었으면 좋겠다.

유튜브를 본업으로 삼아 수익을 창출하기 위해 뛰어든 유튜버도 많지만 이렇듯, 가족과의 소중한 추억을 만들어 두기 위해 유튜브를 하는 경우도 있다. 취미로 하다가 부업이 되고 N잡러(2개 이상 복수를 뜻하는 'N'과 직업을 뜻하는 'job', 사람을 뜻하는 '~러(er)'가 합쳐진 신조어로 본업 외에도 여러 부업과 취미활동을 즐기며 시대 변화에 언제든 대응할 수 있도록 전업(轉業)이나 겸업(兼業)을 하는 이들을 말한다.)가 되는 경우도 있다. 어떤 경우든 즐거워서 하면 되는 것 아닌가.

나는 이도 저도 아니지만, 그들과 비교하지 않고 나만의 길을 가 보기로 했다. 왜냐하면, 종합예술 마냥 재미 있으니까. 어차피 특정 한 콘텐츠로 승부를 걸 수 없다면 다양성을 담아내고 싶다. 적어도 아웃풋의 성과는 이루고 있는 셈이니까. 60 평생 살아 온 나름의 경 험과, 인풋을 아웃풋으로 활용하기에 유튜브는 꽤 괜찮은 플랫폼인 것 같다.

즐기면서 가고 또 가다 보면 언젠가는 10만 구독자를 달성할 날 도 반드시 올 것이라 믿는다. 10만 구독자의 꼭지점에 도달하기까 지의 그 과정은 또 얼마나 재미있는가. 도란도란 유튜버 친구도 사 귀고, 영상이 완성될 때마다 성취감도 느낄 것이다. 세상 사는 이야 기에 관심을 갖는 만큼 생겨나는 호기심을 충족하기 위해 끝없이 공부하게 될 것이다. '인생은 끝이 있으나 앎은 끝이 없다.'는 노자 의 말씀을 되새겨본다.

유튜브는 나에게 배움의 끈을 놓지 않을 이유가 되게 해준다. 유 튜브는 나에게 여러모로 삶의 질을 끌어 올려주고 있다. 남과 비교 하면 나 자신이 초라하게 느껴져 스트레스 받을 것이다. 내가 가진 역량 안에서 느리다고 채근하지 않으려 한다. 느리면 느린 대로 부 족하면 부족한 대로 차곡차곡 쌓아나가면 될 일이다. 나만의 목표를 설정해 놓으니 매일이 즐겁다. 당장의 어려운 현실도 버텨낼 힘이 생긴다.

유튜브로 안정된 수입을 창출하는 사람들은 유튜브를 생업으로 삼아도 되겠지만 나 같은 경우 유튜브로 수입이 창출되지 않으니 직업을 가져야 한다. 돈 버는 일 틈틈이 유튜브를 만들어야 해서 사실 바쁘다.

내가 느리고 게으르다고 했지만, 유튜브를 취미로 하다보니 예전보다 훨씬 바쁜 삶을 살아가고 있는 것은 틀림없다. 나는 이런 삶의 패턴이 좋다. 나의 라이프가 좀 더 활기 넘치는 느낌이 든다.

나의 바람은 '60대 나의 모습, 70대의 나의 모습'을 진솔함을 담아, 청춘 같은 시니어의 모습을 보여주고 싶다. 그것이 바로 내가 유튜브를 하는 목표이다.

04 마음을 성형하자, 곱하기 0.7세대로 ⋮

나이에 대한 고정관념을 달리했으면 한다. '60은 원래 이런 모습이어야 해'라는 편견을 벗어버리고 싶다. '50의 모습은 이렇지, 60의 모습은 이래야 하지'라는 사회적인 틀에 모든 50대나 60대를 끼워 넣으려 하는가? 모든 변화의 시작은 생각에서 온다. 나는 나이에 대한 고정관념을 바꾸어 보고 싶다.

70세 유튜버가 연말인사를 올렸다. 일 년을 돌아보니 유튜브가 주는 힘이 컸다고 했다.

"내레이션 작성하는 것도 쉽지가 않고 촬영하는 것도 만만치 않았어요. 하지만 내가 뭔가 할 일이 있다는 게 좋더군요. 영상을 올렸을 때 봐주는 사람이 꾸준히 있다는 게 얼마나 행복한지 몰라요."

한편으론 영상 만드는 게 힘들지만 즐거움이 더 크다고 했다. 즐겁지 않으면 못했을 거라는 것. 이분의 영상을 그동안 지켜보니, 하루를 어떻게 지내는지 보였다. 운동 습관, 독서, 현역으로 일하는 모습, 식습관 등. 놀라운 건 아무리 봐도 나이가 70대로 안 보인다는 것이다. 좀 과장해서 40대로 보일 정도로 몸매나 모든 면에서 젊어 보인다. 무언가를 하고자 하는 열정이 나이를 되돌려 놓는 것 같다.

평균 수명이 100세 시대라고 하더니, 어느 순간부터 120세로 늘어나고 있다. 실감이 안 난다. 나는 과연 몇 살까지 살 수 있을까. 그런 생각을 하고 있는데 100세를 살아가는 나이 계산법이라는 걸 알게 됐다. 현대를 살아가는 우리에게 '곱하기 0.7 세대'라는 것이다.

'현재 나이×0.7'이라는 계산법으로 하면 지금 80세는 과거 56세, 70세는 49세와 맞먹는 건강과 체력을 갖고 있다는 것이다. 이렇게 신이 날수가. 0.7세대로 특혜를 받고 있으니 행여 노인처럼 티를 내서야 될 일인가. 평균 수명이 100세 시대로 늘어난 만큼 예전 나이 기준으로 살지 말라는 뜻 아니겠는가.

나의 고향 마을에는 우리 엄마의 친구 분이신 93세의 시인이 계신다. 90세에 첫 시집을 내셨다. 여전히 시 동호회에서 활동 중이다. 그분은 나보다 더 먼저 아셨나 보다. 100세의 나이 계산법을……

생물학적 나이는 바꿀 수 없다. 하지만 내가 삶을 어떻게 대하느냐의 태도에 따라 실제 나이는 달라질 수 있다고 한다. 노화는 막을 수 없지만, 노화의 속도는 늦출 수 있다는 것은 희망을 갖게 한다.

성장하는 사람은 늙지 않고 죽기 전까지 건강한 몸을 유지할 수 있다는 것이 얼마나 다행인가.

마흔 후반 즈음에 초등학교 동창회에 참여했다. 동창회에 가니 나이가 세 종류였다. 나와 같은 경우, 한 살 아래인 경우, 한두 살 많은 경우. 비율이 거의 균등했다. 그런데 유독 나이 들어 보이는 친구가 있었다. 알고 보니 호적 나이에 비밀이 있었다. 죽은 동생의 호적을 사용하고 있다는 것이다. 그 시절에는 행정구조가 좀 엉성해서 나이를 잘못 신고하기도 했었다. 그 친구는 사회적 나이가 젊어 정년퇴직에서도 유리하게 작용할 것이다.

그렇지만, 몇 년씩이나 젊음을 선물 받았으면서도 그 친구의 얼굴은 제 나이를 고스란히 간직하고 있었다.

그 친구의 얼굴을 보면서 사회적인 나이보다 마음의 나이가 더 중요하다는 생각이 들었다. 역시 호적 나이는 문제가 되지 않았다. 마음의 나이가 더 중요했다. 마음을 바꿔 생각하니 숫자는 무의미하게 와 닿았다. 마음의 성형을 하면 얼굴에 웃음이 번져 생동감이 넘칠 것이다. 그러니 어찌 젊어 보이지 않을 수 있겠는가.

나는 이제부터 '내 나이에 곱하기 0.7로 살기'로 마음먹었다. 그 법칙대로 적용을 한다면, 나는 이제 마흔 두 살인데 그깟 몇 살이 대수인가. 세상에 나이를 선물 받는 것보다 더 좋은 것이 어디 있을까. 하늘을 날 것 같은 기분이다.

05 인생을 정년퇴직하지 말자 :

"장님 보다 더 불쌍한 사람은 꿈이 없는 사람이다. 난 매일
태양을 바라보며 살았다. 결코 어둠을 볼 여지가 없었다."

- 헬렌 켈러

이렇듯 눈이 안 보이는 것보다 더 나쁜 것은 멀쩡한 눈으로 아무
것도 보지 못하는 것이라고 말했다. 혹, 나를 향해 질책하는 것은
아닐까. 두 눈이 이리도 잘 보이는데 세상에서 못 할 일이 무엇이란
말인가.

비록 60이라는 나이지만 또 다른 꿈을 꾸기에 충분한 나이다. 유
튜브와 글쓰기를 통해 어떤 선한 영향력을 베풀며 살 수 있는지를
궁리해봐야겠다.

100세의 낯선 길을 의연하게 걸어가며 후배들에게 용기를 불어
넣어 주는 김형석 교수님 같은 분이 계시니, 그저 행복하게 따라가
면 될 일이다. 그분을 기준으로 삼으면 아직 할 수 있는 일이 넘치
게 많은 것 같다. "내가 지나와보니, 인생의 황금기는 65세에서 75

세이더이다." 그분이 말씀하신 황금기를 향해 나는 지금 걸어가고 있는 중이다.

변화해야 살아남는다. 예전에 일하던 곳에서 인수인계하느라 단 몇 시간 만난 김씨. 그녀는 남편과 사별하고 아들과 딸 둘을 키워 독립시켰다. 이유는 잘 모르겠지만, 자식들은 엄마를 고마워하지 않는단다. 딸의 대출금까지 갚느라 아직도 힘들다고 했다. 그런데도 자식들은 찾아오지도 않고 전화하는 엄마를 피한다고 했다. 맨날 외롭다고 신세 한탄하는 그녀에게 짠한 마음이 들어 그냥 받아 주었다. 좀 변화된 모습으로 이끌어주고 싶었다. 어느 날, 자기 계발에 관한 유튜브 링크를 보내줬더니,

"그거 열어보면 돈 나간다는 거 아녜요?"

내가 아니라고 해도 그녀는 듣지 않았다.

"주민센터나 구청에서 하는 무료 프로그램 많아요. 공부해보세요."

"미쳤어요? 돈 벌어야 하는데 그럴 틈이 어딨어요."

그래놓고 카톡 하는 법 같은 사소한 것들을 해결 못 해 나를 귀찮게 하니 때로는 답답하고 짜증났다. 주변 사람을 지치게 하는 기술이 있나 싶을 정도다. 상대편 상황 같은 건 아랑곳 하지 않았다. 시간 개념도 없이 시도 때도 없이 본인 내키는 대로 전화해서, "뭐 하느라 안 받아요?" 자기가 안 바쁘니 다른 사람 바쁜 걸 이해를 하지

못했다. 속사포처럼 자기 할 말을 쏟아내느라 끝날 줄을 몰랐다.

그녀는 '다 늙었는데 뭘 할 수 있겠냐'며 나이 타령만 하니 사실 나랑은 맞지가 않았다. 면접 보러 다닌 지 9개월째라며 나에게 하소연을 해대지만 내가 해줄 수 있는 게 없었다. 결국 외로움과 빚 독촉에 시달리던 그녀는 약을 먹고 자살을 시도했다고 한다. 다행히 119에 실려 가 일주일 입원 치료를 하고 귀가했지만, 후유증에 시달리고 있다는 것이다. 그녀를 보면 안타까운 마음이 든다. 나이보다 마음이 더 늙어버려서인지도 모르겠다. 아직 뭐든지 할 수 있는 나이인데……. 생각만 바뀌면 그녀의 인생도 훨씬 젊어지고 건강해질 거라고 생각된다.

자식들한테 손 벌리지 않고 살려고 해도 나를 인정해주고 받아주는 데가 없다면 어떻게 할 것인가. 시간이 남아돌고 할 일 없고, 경제 사정은 어려워지는데 한탄으로 시간을 허비하기엔 인생이 너무 아깝다.

여생을 눈치나 보며 뒷방으로 밀려나 살기엔 우린 아직 젊다.

나는 외국어를 한 10개쯤 도전해보고 싶은 계획도 있다. '그 나이에 그런 건 어디다 써 먹을라고?'라고 말한다면 유튜브에서 써먹으면 된다고 말해주고 싶다. 유튜브를 앞으로 최소한 10년은 할 예정이니까. 언어 영역이 넓혀지면 지구촌이 이웃처럼 가까워질 것이니까. 영어, 중국어, 일어, 불어를 기웃거려 본 정도라 제대로 숙달시

켜야 하는 과정이 남아있지만, 스페인어, 러시아어, 독일어, 터키어 등도 관심이 있다. 설령, 유창하지는 못 한다할지라도 글자를 알아볼 수 있고 무슨 말을 하는지 한마디라도 알아들을 수 있다는 건 얼마나 신나는 일인가. 나는 세계 언어 중에 제일 신기하게 보이는 게 아랍어이다. 도대체 그림인지 글씨인지 어떻게 구분해서 저리도 잘 알아보는지 경이롭기까지 하다. 예전에 속기사에 도전하고 싶어 속기학원에 다닌 적이 있었다. 긴 단어도 점 하나로 간단하게 표기될 정도로 신기한 언어의 세계를 체험해봤다. 약속된 점과 선이 이어져 문장을 구성했다. 배우지 않은 사람이 보면 한국말로는 도저히 해석을 할 수가 없는 문장이었다. 그런데 아랍어를 볼 때면 속기가 떠오른다. '저걸 도대체 어떻게 해석하지?' 그 궁금증을 꼭 한번 풀어보고 싶다.

유튜브에서 소통의 장이 되는 게 댓글이다. 내가 다른 유튜버의 채널에 가서 댓글로 안부를 전하기도 하고 궁금한 걸 물어보기도 한다. 또한, 다른 사람이 내 유튜브 채널로 들어와서 댓글을 달면 나는 그에 답글을 단다. 물론, 라이브로 진행하는 기능도 있다. 세계 어디에 있든 대화가 자유롭게 이루어진다. 하루하루가 심심하거나 지루할 틈이 없다. 물론 구글 번역기가 모두 대체해주는 시대이다. 하지만 기본을 전혀 모르고 무턱대고 사용하기보단 기본 지식이라도 습득한 후 사용하면 더 재밌을 것 같다.

다양한 사람도 만나고, 일이든 취미 생활이든 뭐든 열정적으로 해야 뇌도 젊어진다고 한다. 배움에 졸업이 없다는 건 다행이다. 나이가 들면 드는 대로, 새롭게 알아가는 순간순간이 행복하다. 인생을 정년퇴직하지는 말자. 우리 몸에서 유일하게 늙지 않는, 쓰면 쓸수록 좋아지는 게 뇌이다. 스스로 포기하지 않는 한 뇌는 우리에게 젊음을 선사할 것이다. 그러니 호기심 가득한 눈으로 세상을 바라보자.

06 내 나이가 어때서, 고맙게도 100세 시대 ⠇

100세는 현실이 되는 걸까?

"60세에 저 세상에서 날 데리러 오거든, 아직은 젊어서 못 간다고 전해라.~" 몇 년 전 화제를 모았던 '백세 인생'이란 노래다. 가사가 재밌어서 바로 빠져들었다. 들을수록 웃음이 나왔다.

데리러 올 때마다 갖은 핑계 대고 버티다가 150살엔 이미 와 있지 않느냐고 저승사자를 약 올리니 웃겨 죽는 줄 알았다. 재치 넘치고 해학이 묻어나는 노랫말이 기발해서 맘에 들었다. 그런데 어느 순간 이게 정말 현실이 되는 것 아닐까 하는 생각이 들었다. 이 노래가 예언처럼 되는 것 같아 신기하기만 했다. "설마 사람이 백 세까지 살겠어?" 예전엔 상상도 못했던 일이다.

'전설의 고향에 나오는 산신령쯤 되어야 그 정도 사는 거 아니겠어?'라고 생각했을 뿐이었다.

98년에 만들어졌다는 '100세 시대' 노래처럼 100세 시대는 이제 현실로 다가오고 있다. 얼마 전 돌아가신 동창 엄마는 98세였다. 고추장 명인으로 살며 마지막까지 일을 놓지 않았다. 부지런히 몸을 움직였던 게 장수비결인가 싶기도 하다.

깊은 산 속에서 사는 80세 어느 '자연인'도 "내 마음은 아직 이삼십 대지.~"라고 말했다. 마음이 젊다는 건 부지런히 움직일 수 있는 힘이 있다는 것 아닐까. 에너지 넘치는 활력 앞에 숫자뿐인 나이는 무색하다.

유튜브에서 우연히 막 뛰어다니는 할머니 영상을 발견했다. 궁금증을 참지 못하고 클릭해보았다. 91세라는 민덕기 할머니는 줄넘기를 아무렇지 않게, 거뜬히 100번씩 하고 자전거를 타고 30리 길을 달렸다. 위암 수술 경력까지 있는 그분의 건강 비결이 궁금했다.

"가족에게 짐이 되지 않으려고 운동했지. 나는 용기 있게 살고 싶어."

수영까지 수준급인 그분은 철인 3종 경기에 도전하는 게 꿈이라고 했다. 김장 등 모든 집안일을 본인이 직접 했다. 남한테 맡기지 않고 스스로 할 수 있는 용기가 그녀를 건강하고 오래 사는 길로 이끌어 준 것 같았다. 늙음과 고독을 두려워하는 건 결코 건강한 장수에 도움이 안 된다는 걸 보여준 예라고 볼 수 있다.

'물 위를 걷는 게 기적이 아니라, 땅 위를 두 발로 걷는 게 기적이다.'라는 말이 있다.

예전에 어른들이 쓰던 베갯잇에는 장수를 뜻하는 목숨 '수' 자가 수놓아져 있었다. 그만큼 오래 살기를 기원했다. 지금 시대 베개는 무슨 글자를 새겨놓았을까. 아마도 '즐겁고 건강하게 오래 살자'가 아닐까. 땅 위를 내 두 발로 당당하게 걸어 다녀야 장수가 의미 있을 것이다.

선조들이 그렇게도 갈망하던 장수의 시대가 되었다. 미래학자들은 2045년에는 평균 수명이 120세에 도달할 것이라고 전망하기도 한다. 100세를 훌쩍 넘긴 오래 살고 있는 사람들이 세계 곳곳에서 입증되기도 한다. 그만큼 누구라도 가능성이 있다는 뜻일 것이다. 우리가 안고 있는 숙제는 마지막 순간까지 어떻게 지낼 것인가가 관건이다. 노후를 누워서 마지막을 기다리는 건 그다지 의미 없는 생이지 않겠는가. 두 발로 걸어 다니며 현역으로 일거리를 찾을 수 있다면 장수가 더없는 선물일 것이다.

아직 호기심이 식지 않은 5060이라면 유튜브 또한 취미 겸 좋은 일거리가 되는 것 같다.

'이번에는 무슨 영상을 만들어 볼까?'

이런 생각으로 시작하는 하루는 설렌다. 그러니 자료를 찾기 위해 계속 공부를 하게 된다. 몰두할 수 있는 일이 있다는 건 에너지를 갖게 한다. 때문에, 나태하도록 놔주질 않는다.

'우리가 두려워할 것은 늙음이나 죽음이 아니라 녹슨 삶'이라고 법정스님은 말씀하신 바 있다. 삶이 경직되지 않도록 생각에 윤활

유를 팍팍 들이부어야겠다. 생이 얼마 남지 않은 두 노인네가 죽기 전에 하고 싶은 일을 하며 삶의 기쁨을 맛본다는 '버킷리스트'라는 영화가 있었다.

"마지막까지 아낌없이 즐겨라"라는 메시지를 던져주었지만, 죽음을 목전에 앞두고서야 버킷리스트를 시작하는 건 너무 늦지 않겠는가. 더 나이 들어 후회하지 않기 위해선 지금 바로 하고 싶은 걸 시작해야 한다.

나의 버킷리스트로는

1. 열 개 정도의 어학 공부를 하는 것.
2. 유튜브 친구들 중 밴드를 구성해서 무대에서 연주 활동을 하는 것.
3. 돈을 벌어 사회 취약계층을 위한 재단을 만드는 것.
4. 국토 순례 대장정 길에 올라보는 것 등등 여러 가지가 있다.

올여름에는 걸어서 남도 여행하는 것부터 실행에 옮겨봐야겠다. 근력을 키우고 지구력이 생기면 좀 더 긴 코스를 잡아서 실천해볼 계획이다. 이런 과정을 유튜브 라이브 방송으로 한다면 얼마나 흥분될까. 누군가의 지지를 받고 공감대를 얻으면 성취감이 높아져서 기쁨도 그만큼 커질 것이다. 유튜브는 아직 걸음마 단계지만 꾸준히 가기만 하면 성장은 하게 돼 있다. 92세에 달음박질하는 할머니를 바라보면 걸음마도 괜찮다. 점차 빠르게 걷는 법을 익히면 될 테니까.

고맙게도 우리에겐 생체나이라는 게 있다. 같은 나이라도 젊고 건강해 보이는 사람이 있는가 하면, 훨씬 더 늙어 보이고 병약해 보이는 사람이 있다. 굳이 달력나이로 가지 않아도 된다는 것이다. 각자의 노력 여하에 따라 얼마든지 나이를 되돌릴 수 있다니 100세 시대로 가는 행복의 길을 택하자.

내 나이가 어때서, 100세 나이 계산법이 있는 걸. 고로, 내 나이 마흔두 살! 그러니 힘차게 평생 현역으로 살아봄이 어떨까!

유튜브에서는 정년이 없다. 물론, 스스로 포기하고 정년을 해 버리면 어쩔 수 없다. 하지만, 자신의 노력 여하에 따라 얼마든지 정년을 조절할 수 있다. 90세가 넘어도 현역으로 일한다면 청년이라는 말이 있다. 어차피 남의 월급을 받으며 취직할 수는 없는 나이다. 프리랜서로 살아가는 방법을 찾아야 한다.

한 방송에 출연한 김형석 교수는 진행자의 건강 비결 질문에,

"건강해서 일을 했다기보다는, 적당하게 일을 하다 보니 건강이 유지 되더라."라고 대답했다.

장수의 비결이 한 가지만은 아니겠지만, 그중 중요하게 꼽는 것이 '일'이었던 것이다. 올해 102세가 되신 김형석 교수의 말이 가슴

을 뛰게 한다. 나이 들어서도 꾸준히 할 수 있는 일을 찾아야 하는 이유이다. 100세 넘어도 나이를 의식하지 않고 일을 할 수 있는 자신감이 얼마나 중요한지 알 것 같다. 매일 일기를 쓰고, 작년에 썼던 일기를 보며 성찰하는 시간을 갖는다고 한다. 그래서 부족한 부분을 보완하고 또다시 한 단계 성장한다는 것이다. 백세 넘은 어른이 하루하루 꾸준히 계속 성장을 한다는 것에 놀랐다. 사명감을 가지고 성장하는 사람은 결코 늙지 않는다는 것을 입증해 보여주고 계신다.

아직도 책을 쓰고 강연을 다니시는 김형석 교수는 "사명감이 있는 사람들은 정신적으로 늙지 않는다."고 한다. 책을 써서 자신의 경험을 전달하는 것도 남을 돕는 방법이고, 유튜브에서 자신의 경험을 알려주는 것도 타인을 돕는 방법일 수 있다.

그러니 자신만의 전문 분야나 취미를 살려 보여줄 수 있는 영상을 만들고, 유트브에 올리는 것도 현역으로 살아가는 방법이라고 생각한다.

유튜브라는 놀이터에서 건강하게 장수할 수 있는 방법을 찾은 것 같아 나는 오늘도 기쁘다.

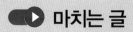 마치는 글

오늘, 남은 생애 가장 젊은 날을 선물 받았다. 그저, 매일이 행복하고 감사하다. 잘하고 못하고가 뭐 그리 중요할까 싶다. 내가 즐기는 만큼, 세상은 살판나는 '내 세상'이 될 것이다. 유튜브를 처음 알게 됐을 때의 그 짜릿함을 잊지 못한다. 어쭙잖게 유튜브 성공 노하우라든가, 돈 팍팍 버는 팁을 전하겠다는 건 아니다. 단지, 이 책을 통하여 나처럼 좌충우돌, 시행착오를 겪지 않는 삶이 되었으면 한다. 다른 사람의 경험을 통하여 나의 간접 경험치가 쌓여간다면 목표지점이 단축되기도 할 것이다. 아직 뭔가를 할까 말까 망설이는 중장년이 있다면 세 가지만 말씀드리고 싶다.

첫째, 나이에 구애받지 말고 무슨 일이든 도전해보자.

혹시, 유튜브 하기엔 너무 늦은 나이라고 생각하는가? 이 나이에 글은 써서 뭐 하겠냐고 시큰둥 하는가? 나이를 의식한다는 건 세월에 지는 것이다. 50대까지도 염색을 모르고 살다가 3년 전, 엄마가 갑작스럽게 돌아가시고 흰머리가 확 올라왔다. 거울 볼 때마다 눈에 띄는 흰머리를 보며 '나도 나이 들었구나.' 저항할 수 없는 패배감 같은 걸 느꼈다. 잠시 흰머리라는 물리적 현상에 동요되었지만, 평정을 되찾았다. 흰머리는 흰머리일 뿐이다.

"그래, 나이 든 게 뭐 어때서?"

나이 들수록 빛을 발하는 분들이 많다. 75세 유튜브 크리에이터 박막례 님도 그렇고, 103세에도 젊은이 못지않게 활동하는 김옥라 여사도 그렇다. 김옥라 여사는 자신의 나이를 의식하지 않는다고 했다. 지금도 책을 읽고, 에세이를 집필하는 등, 하고 싶은 일을 하며 산다고 했다. 열정이 식지 않는 삶은 나이를 거꾸로 되돌려 놓는가 보다. 나는 이 두 분의 열정을 닮고 싶다.

둘째, 잘하려고 하지 말고 무엇이든지 시작해보자.

완벽하게 준비를 갖춘 후 시작하려는 사람이 있다. 그 완벽한 시점은 언제일까. 아마 끝도 없을 것이다. 때로는 앞뒤 재지 않고 무식하게 지를 수 있는 용기가 필요하다. 일단 시작하면 길이 보인다. 호기심이 많은 사람이 도전정신도 강하다.

"저 이번 주 서울 갑니다. 점심같이 하실래요?"

"웬일로 오시나요? 출장인가 보죠?"

"아니에요, 그냥 김형숙 강사님 보러 가요."

울산에 사는 숙이 여사가 생각지 않게 번개모임을 신청했다. 그렇게 나를 포함해 김형숙 강사, 숙이 여사, 40대 젊은 예비작가 네 사람이 만났다.

"대단하세요! 어떻게 울산에서 여기까지 밥 사주러 오세요? 하하"

"제가 일 년 가까이 김형숙 강사님께 배우면서 엄청 발전 했답니다. 자신감이 팡팡 생겨요. 변화된 제 모습이 신기할 정도예요. 그동안 코로나19 거리 제한 땜에 못 왔는데, 잠시 완화된 틈을 타 얼른 달려왔어요. 고마움을 전하고 싶어서요."

우리는 작년에 '유튜브 특공대 동영상 과정'을 수강하면서 알게 된 사이다. 울산에서 미용실을 운영하고 있다는 숙이 여사는 무척 적극적이었다. 똑같은 과정을 알 때까지 반복해서 계속 신청하고, '낭독' 등 새로운 과정도 모두 들었다고 한다.

아무것도 모르고 시작했다가 자신감을 얻게 되고, 생활의 활력이 생겼다고 했다. 그러니, 그렇게 이끌어준 김형숙 강사를 은인으로 생각하는 게 당연하지 않으냐며 웃었다.

평균 수명 100세 시대에 이제 겨우 58세의 숙이 여사는 뭘 해도 좋을 나이지 않을까. 분명 늦은 나이는 아닐 것이다. 호기심이 있는 한 도전하기를 멈추지 않을 것이니 말이다.

셋째, 끝까지 포기하지 말고 해보자.

이은대 작가의 책쓰기 강의 시간이었다. 수강생들 재밌으라고 농담하는 줄 알았다.

"수십억 빚을 지고 희망을 잃어버린 어느 날, 동작대교에서 뛰어내렸죠. 이왕 죽는 거 드라마틱하게 영화 속 주인공처럼, 아주 멋지게 다이빙해서 물속으로 사라지려 했다는 거 아닙니까. 아니 근데, 하필 오리털 파카를 입고 있는 바람에 가라앉지를 않는 겁니다. 영하의 날씨에 물에 동동 떠 있으니 추워서 얼어 죽을 것 같습디다. 헤엄쳐 나왔죠."

폭소를 자아내게 한 그의 입담은 유머가 아닌 실제 경험담이었다. 살아서 남을 돕는 일을 하라는 뜻인 것 같았단다. 그래서 다른 사람을 살리는 책을 쓰기로 마음먹었다고 한다. 또한, 세상을 이롭게 하는 '누구나 쓰는 삶'을 살도록 응원해주며 살기로 했단다. 마음 하나 바꿨을 뿐인데 삶이 달라졌고, 지금은 남부럽지 않는 행복한 삶을 누리고 있다는 이은대 작가를 보며 살아갈 힘을 얻는다.

나 또한, 글을 쓰기 시작하면서 지금 '이 순간'이 얼마나 소중한지 느끼게 된다. 하잘것없다고 여겨지던 내 삶, 비로소 세심하게 들여다보게 되고 어루만져 주었다. 가장 상처로 남아있던 엄마와의 이별. 2년이 넘어도 베개로 흘러내리던 눈물은 이제 멈췄다. 일기장에 한 열 번쯤 쓰고 또 쓰고 토해내다 보니, 감정이 정리되고 치유가 되는 것을 느꼈다.

유튜브와 글쓰기를 만나게 된 인생 2막의 내 삶에 감사하다. 이 책이 인생 후반전에, 무언가를 새롭게 도전해보고 싶은 중장년층에게 조금이나마 도움이 되기를 희망한다.

2021년 봄. 정성희